ほんの一瞬、唇を掠めるだけのキス。
目を閉じることもできなくて、鉄平の顔が近づいてきた様子がはっきりと見えた。大きな二重の瞳が閉じる瞬間。まっすぐに伸びる睫が揺れるさまが、とてもきれいだった。

愛しのアンラッキー

田知花千夏

Illustration
深井結己

B-PRINCE文庫

※本作品の内容はすべてフィクションです。
実在の人物・団体・事件などには一切関係ありません。

CONTENTS

愛しのアンラッキー 7
あとがき 252

愛しのアンラッキー

プロローグ

洒落《しゃれ》たシックなバーに、大音量で響き渡るアップテンポナンバー。特設されたミラーボールが煌《きら》びやかに回転し、さほど広くない店内には、光と音、そして無数の人がひしめくように溢れかえっていた。

地を揺らすほどの音楽は、どれも一度は耳にしたことのある軽快なリズムの曲ばかりだ。八〇年代を風靡《ふうび》した懐かしのディスコナンバーである。クリスマスを間近に控えた週末の今夜、このバーでは一風変わったイベントが催されているらしい。

音の波に乗って踊る人、しらけた雰囲気で酒を煽る人、音楽そっちのけでふたりの世界をつくっている恋人たち。どれもイベントの夜にはありがちな光景だが、男はひとり、落ち着きなく手元のグラスを握りしめていた。

このバーは繁華街の外れに位置する、ややうらぶれた通りにある。小さな立て看板だけが目印で、ビルの半地下に下りた場所が入り口という、一見では多少入りにくい雰囲気のあるバーだった。

それでも、店内は多くの客でごった返してすごい熱気だ。おそらく平時でも繁盛しているのだろう。男がこの店を訪れたのは初めてだが、どことなく馴染みの客が多いように感じた。

男はハイカウンターに軽く肘をつき、逸《はや》る鼓動を宥めようと深く息を吐いた。

へんに意識をする必要はないと思うのだが、それでも緊張で体が硬くなってしまう。

強張った肩を軽く回して、男は注意深く辺りを見渡した。わかっていたことではあるが、周囲には男性の姿しかない。当然だ。ここはゲイバーなのである。

しかし男はゲイではなかった。ある目的のため、ひとりの男性に会いにこの店にやってきたにすぎない。

「なあ、もう帰ろうって」

先ほどまでフロアの中心で踊っていた青年が、気づけば男のすぐ脇に立っていた。よく見知ったその顔に、男はほっと眉を開く。彼は友人だ。

「もうすぐ終電だぜ？　今夜はもう諦めたら？」

友人は半分も残っていない男のカクテルを手に取り、すべて飲みほしてしまった。グラスの底に残った溶けかけの氷まで口に含み、ボリボリと嚙み砕く。

すっかり空《から》になったグラスを意味なく眺め、男はそっと睫《まつげ》を伏せた。

「……でも、もしかしたら会えるかもしれないし」

男の住居はこの繁華街からはだいぶ遠い。とてもタクシーで帰れるような距離ではないし、そろそろ店を出た方がいい時間だと、自分でも気づいていた。けれど目的を達成しないまま帰路につくことを思うと、男の足はどうしても重くなってしまう。

男は、目当ての相手と知り合いというわけではなかった。

そもそも、会ったことすらないのだ。目の前の友人から、とある噂を聞いて一方的に知っているだけだ。

ちなみに、この友人もゲイではない。学生特有のおふざけで以前このバーを訪れた際に、偶然居合わせた他の客からその噂を耳にしただけのようだ。そのとき彼も店にいたらしいが、直接話すことはなかったという。

そのため、男がその人物に会う手段は、この店で待つ以外になかった。闇雲な方法ではあるが、他に彼が行きそうな場所がわからないのだからしかたがない。

つまり、顔も声も性格も、男はその相手のことをなにひとつ知らないのだ。

それなのにこうも必死に接触しようとしている理由はただひとつ。

すべてはその噂のためだ。

「つーか、本当に大丈夫なのか？」

友人は空になったグラスを男に突っ返すと、神妙な面持《おもも》ちで口を開いた。友人の意図を察し、男は無言でグラスを受け取る。

「だいたい、お前はゲイじゃないだろ？　それ以前にこういうの、柄でもないし。はっきり言って、たとえその人と会えたとしてもうまくいくとは思えないけど」

「……わかってるよ」

自分でも、この計画がうまくいくとは到底思えなかった。それに、どれだけ最低なことを考えているのかもよく理解している。

しかしだからこそ、ようやく決心がついた今夜を逃《のが》したら、二度とこの店を訪れることはできない気がした。なにがなんでもその人に会わなければならない理由が、男にはあるのだ。

「まあ、お前の気持ちはわからなくもないけどさ」

友人は呆れたようにそう言うと、それきり男に背を向けてしまった。友人の反応はもっともだ。男が目的としていることは、ひどく自分本位で浅ましいことなのだから。

まさか自分がこんなことを考えるなんてと、今も重苦しい罪悪感で胸が張り裂けそうだった。第一、男が聞いた噂話なんて、なんの信憑性《しんぴょうせい》もないたわいないものだ。結局はただの噂でしかなく、空振りに終わるのかもしれない。

それでも、ようやく見つけた一縷《いちる》の望みを見過ごすことはできなかった。溺れる者は藁《わら》をも掴むというように、男は今、まさに窮地に陥《おちい》っているのだ。勝手に掴まれる藁からすれば冗談ではないだろうが。

それでも、男はもう耐えられなかった。

これ以上、大切なものを失いたくないから——。

とはいえ、さすがにもうタイムリミットだ。男が腕時計に視線を落とすと、時計の針は間もなく日を跨《また》ごうとしていた。

「付き合わせて悪かったな。……帰ろうか」

男は力なく、友人に声をかける。

そしてそう口を開いた瞬間、ふっと、男の体から強張りが解けた。無意識のうちにずいぶん神経を尖らせていたことを知り、男はかすかに苦笑を浮かべる。

目的の人に会えなかったことは心残りだが、それと同じくらい安堵《あんど》もしていた。彼に会えなかったことで、少なくとも最低な人間にならずに済んだからだろう。

「いいのか？」

友人の問いに、男は笑ってうなずく。そして、ふたり連れ立って出口へと向かった。

しかしフロアを出る間際、なにか言い争う男たちの声が耳に届いた。

地鳴りのようなサウンドや人々の喧噪《けんそう》に紛れて、男性の感情的な声が聞こえてくる。男は友人と顔を見合わせ、反射的に声の方を振り返った。

どうやら、店の奥で男性ふたりが口論しているようだ。がっしりとした体格の大男が、細身の男性に思い詰めた様子でなにか言い募《つの》っている。

他の客たちが遠巻きにふたりを取り囲み、周囲にはそれとなく人垣ができていた。大男は人の目も気にせず床に膝をつき、必死になって男性の腰にしがみついた。

痴話喧嘩《ちわげんか》なのだろうか。それにしては、なにか様子がおかしい気がするけれど……。

「いい加減にしろ！」

突然、今まで一方的に言われていた男性が、ひときわ大きな怒声を上げた。

大柄な男性と向かい合っているのでずいぶん小柄に見えるが、細身ではあれど身長はおそらく平均ほどだろう。体格差などものともせず、我慢ならないというように目の前の男性を忌々しげに睨みつける。

「二度と俺につきまとうな」

激高した様子でそう言い切ると、細身の男性は大男の肩を力強く押しのけた。そしてきっぱりと踵《きびす》を返す。

「待ってくれ！　頼む！　……一度でいいんだ！」

床にくずおれたまま、大男が悲痛な面持ちでそう呼びかける。しかし細身の男性はそんな叫びなどいっさい無視して、ずかずかと大股でその場を後にした。

そしてこちらに向かって一直線に突き進んでくる。

（……こっちに来る？）

すごい剣幕で近づいてくる男性に、どきりと男の心臓が跳ねた。しかし自分たちの背後に出口の階段があることに思い至り、慌てて道を空ける。

――しかし男性が男の前を通り過ぎる瞬間。

男を包むすべてが動きを止めた。

音楽、喧噪、人の波、煙草《たばこ》と酒の匂いをはらんだ乾いた空気、そして刻々と流れる時間さえも。瞬く間に消失してしまう。

なにもかもがぴたりと止んで、男の世界には目の前を通り過ぎる男性だけが残った。自分よりも少し低い位置にある、その横顔にただただ惹きつけられる。

線の細い輪郭に、少しきつめの一重《ひとえ》の瞳。眉も鼻も口もさりげなく、均衡はとれているのだがその容貌《ようぼう》の中で際立つパーツがひとつもない。顔のつくり自体は悪くないが、薄めの顔立ちといえた。

また、すっきりと短めの黒髪がモノトーンの落ち着いた服装とあいまって、男性に繊細な印象を与えていた。年齢は二十代半ばというところだろうか。この場の雰囲気にそぐわない硬質な雰囲気を纏《まと》っている。しかしながら、すれ違った次の瞬間には忘れてしまえるような容姿だ。

それなのにどうしてか、男の目線は彼に縫いつけられたようになって、ひたすらその姿を追いかけていた。重力に抗《あらが》えず地に落ちる林檎《りんご》のように、強い力で引きよせられて男性から目を離すことができない。

しかしそんな男に気づきもせず、男性はまっすぐ出口に突き進んでいった。そしてそのまま、男の横をあっけなく通り過ぎてしまう。

――このままでは、どこかへ行ってしまう。

男は無意識に、男性を引き止めようと口を開いた。

「あ、あの……」

しかし声を発した瞬間、心臓がどっと高鳴りはじめた。喉がからからと渇いてしまって、うまく言葉が出ない。

（なんだ、これ）

思わず、てのひらで胸を押さえた。狂ったように波打つ鼓動が、皮膚もシャツもすり抜けて、はっきりと男の手に伝わる。てのひらに、じわりと汗が滲んだ。

男性を呼び止めたいはずなのに、意識が頭の中で空転して言葉にならない。しゃべり方を忘れてしまったみたいだ。心音《しんおん》は大きくなる一方で、ただ口を開くことしかできない。

「おい」

友人に声をかけられ、ハッと我に返った。

「たしか、あの人がそうだぜ」

たった今通り過ぎた男性を友人が顎で軽く示す。目当ての人がいたというのに、客が多すぎて見つけきれなかったようだ。

男は、呆然と彼の背中を見つめる。

「あの人が……」

なにを考えるより先に、男はその場を走り出していた。人の波を掻き分けるようにして出口を抜け、彼の後を追いかける。

地上へと繋がる階段を駆け上がり、無我夢中で通りに出た。

建物の外に出ると、ぱらぱらと小雪が舞っていた。全速力で駆け上がったため、胸が弾んで少し息苦しい。肌を刺すような冷気に息を白くして辺りを見回すが、彼の姿はもうどこにも見当たらなかった。

ビルが面する通りは細い路地とも交差していて、道が木の枝のように入り組んでいる。先ほどの男性は一体どの道を進んだのだろうか。迷いからその場で足踏みし、男は辺りを見渡した。見当さえつかない彼の行き先に、男はひどい焦燥《しょうそう》に駆られる。

それでもどうしても諦めきれず、勘を頼りにでたらめに駆け出した。しかし足を踏み出した場所がちょうど凍結していて、その場で尻から転んでしまう。

思いがけない衝撃に、男の目にじわりと涙が浮かんだ。

「いってぇ……」

激しく打った尻をさすりながら、しかし男はハッとして跳ね起きた。そしてふたたび、一か八《ばち》かで足を踏み出す。

けれどしばらく進んでも、結局彼の姿は見つからなかった。

心許《こころもと》なく通りの先を見つめるけれど、彼がどこに行ったのかなんてもう想像もできない。

男は悄然《しょうぜん》と地面に視線を落とし、とぼとぼと元いたバーに戻った。友人を残してひとりで出てしまった。どこに行ったのかと心配しているかもしれない。

必死になっていて気づかなかったが、小雪をのせた風が凍《い》てつくように冷たかった。それになにより彼を見失い、胸にぽっかりと穴が開いてひどく空《むな》しい。絶望にも似た感情が、胸に開いた穴を隙間なく塞いでいく。

しかし男がビルに戻ると、ふいに階段の方から話し声が聞こえてきた。

「さっき喧嘩して出てったのってあいつだろ？　例の……」

「そうそう、いっつもトラブってるよな」

詳しいことまでは聞こえないが、話の内容から判断するにどうやら彼のことを言っているようだ。店から出てきたふたり組が、階段を上りながら噂話に興じている。

「すみません！」

一も二もなく、男はふたりに話しかけていた。

「さっきの人のこと……、なにか知ってるんですか？」

切羽詰《せっぱ》まった様子の男に気圧《けお》されたのか、男性たちはふたりして半歩後ずさる。しかし一拍置いて、片方の男性が、「まぁ」と小さくうなずいた。

「直接知ってるわけじゃないけど、あいつは有名だから……」

「教えてください、ちょっとしたことでもいいから」

思わず、男は男性の肩を両手で摑んでいた。その手についカが入ってしまう。どんなに些細《ささい》な情報でもいい。どうしても彼のことを知りたかった。

——男はなんとしても、彼に会わなければならないのだ。

1

高良《たから》脩《しゅう》は苛々と二階の窓から地上を見下ろした。

始業前の八時五十分。職場である設計事務所で朝の準備をしていると、通りに見慣れた長身を見つけてしまったからだ。外はせっかく春めいた陽気だというのに、浮き立っていた気分がにわかに地に落ちてしまう。

（また来やがった）

道を行き交う人々に紛れて、その長身はあっという間にこのビルに吸いこまれて消えた。彼の向かう先など容易《たやす》く想像がつく。十中八九、この事務所を目指しているに違いない。

予想は的中し、それから数分と経たずに事務所のガラス扉が勢いよく開いた。

当たって欲しくない予想というのは大抵当たるものだ。おおかたわかっていたことではあるが、脩はこっそり舌打ちした。

「脩さん、おはようございます！　今日もいい天気ですね」

快活な挨拶とともに、長身の青年が晴れやかな表情で現れる。

「おはようございます、中谷《なかたに》さん」

脩は腸がねじ切れそうな苛立ちなど微塵《みじん》も感じさせない笑顔を浮かべ、丁重に青年を迎え入れた。脩がここ、フィロソフィア・アーキテクツの職員になってもう六年目だ。だてにそれだけの社会経験があるわけではない。

青年の名前は中谷鉄平《てっぺい》。脩が勤める設計事務所のクライアントだ。鉄平はまだ大学生だが、個人名義の不動産を有している。古い木造家屋で家鳴《やな》りがひどいからと、改築の相談にここを訪れた施主《せしゅ》なのである。

「それにしても、今朝もずいぶん早いですね。一体どうされたんですか？」

昨日も一昨日も、土日を挟んでその前日もいらしていましたが、という意味を言外《げんがい》に込めて、脩は慇懃《いんぎん》な笑顔をたたえる。

鉄平はかすかに頰《ほお》を染め、なにやら紙袋を脩に向かって差し出した。『NAGANO』と書かれたこぶし三つ分ほどの紙袋だ。

「脩さんにお土産《みやげ》です。連休にバイトで長野《ながの》に行ったんで……」

「結構です」

カードをさっと裏返すように、脩は笑顔から仏頂面《ぶっちょうづら》へと表情を切り替える。

豹変《ひょうへん》した脩の様子に、鉄平は大きな瞳をぽかんと見開いた。そして、顔をくしゃくしゃにして「ひどいです！」と涙目で訴えた。

「なんで急に冷たくなるんですか？　さっきまであんなに優しく笑ってくれてたのに」

「こっちは忙しいんだよ。土産なんかいらないし、暇な学生相手に安売りするような時間も笑顔も持ち合わせちゃいないんだ」

仕事の用件で来たのでなければ、こちらもそれなりに対応させてもらう。脩はぎろりと鉄平を睨みつけた。

「……暇な学生って、冷たいです脩さん！　そういうところも大好きですけど！」

鉄平からのどさくさ紛れの告白に、今度は激しい舌打ちを返す。

「いらねえよ、そんな告白。まったく、暇さえあれば顔を出して好きだのなんだの、わけわかんねえんだよ。次にリフォーム以外のことで事務所に来たら警察を呼ぶからな」

容赦《ようしゃ》ない脩の物言いに、鉄平の目元にみるみる大粒の涙が浮かんでいく。

（本っ気で通報したい……）

最近脩を苛立たせる原因。

それが、目の前でしょぼんと肩を落としているこの鉄平だった。

先週の頭に改築の相談で事務所を訪れてからというもの、鉄平はずっとこの調子なのだ。

一体なにをとち狂っているのか、脩の顔を見るなりいきなり手を取り「好きです」だなどと詰めよってきたのである。そしてそれ以降、大した用がなくとも、脩に会いに毎日この事務所に顔を出すようになった。

ただのひやかしなら話も早いのだが、実際に事務所の客だからなお質《たち》が悪い。追い払いたいが、仕事相手なのでそうそう邪険にばかりもしていられない。

NAGAMO

初めて鉄平に好きだと言われた瞬間、本当はよっぽどその場で追い返そうかと思った。しかしリフォームについては真剣なようだったので、とりあえず話を聞くことにしたのだ。学生ながらにまとまった資金があるようで、支払いに支障がなさそうだという理由も大きかった。

さすがに今となっては、改築を引き受けたことを後悔しはじめているが。

「とにかく、冗談に付き合っていられるほど、こっちは暇じゃないんだよ」

もういいだろ、と脩は野良犬を追い払うようにシッシと軽く手を振る。

「冗談なんかじゃないです！」

鉄平は端整な眉をきつくよせた。

「本当に好きなんです。……一目見ただけですぐにわかった。まるで、雷《かみなり》に打たれたみたいな衝撃だったから」

鉄平はそう言って、脩の肩をぎゅっと摑んだ。

真剣な眼差しで見つめられ、さすがに脩も胸の辺りがざわざわと落ち着かなくなってしまう。意に反してこんな反応をしてしまうのは、脩がゲイであることを差し引いても、鉄平が人並み以上に優れた容姿の持ち主だからだろう。

凛《りん》と爽やかで、人好きのする整った目鼻立ちをしている。鼻や唇も形よくはっきりしているが、特に意志の強そうな大粒の瞳が印象的だった。まっすぐにこちらを見つめる双眸《そうぼう》には、人の目を捉えて離さない魅力がある。

それに痩身《そうしん》でありながら、シャツから覗く首元や腕が逞しく、その男性的なラインに不本意ながらドキリとすることもあった。なにかスポーツでもしているのだろうか。

しかし顔も体格も無駄なく締まっているのに、鉄平には不思議と柔らかい雰囲気があった。屈託のない笑顔や少し長めの栗色の髪が、彼に柔和《にゅうわ》な印象を与えているのだ。また、少しだけはねている襟足は寝癖《ねぐせ》なのだろう。せっかくの端整な外見《がいけん》が台無しだが、それが愛嬌《あいきょう》にもなっていた。

それに顔いっぱいに感情を表すので、意図せず相手の警戒心を解かせる術《すべ》を無自覚に身につけているようだ。整った容姿もそうだが、それ以上にこの明るい雰囲気が人を惹きつける。

とはいえ、脩にとってはただそれだけだ。

たしかに魅力的な外見だとは思う。しかし、学生ともなるとさすがに守備範囲外だし、それ以前に今は誰かと恋愛をする気分ではなかった。

それに、と、脩は鉄平を一瞥《いちべつ》する。

おそらく、鉄平はゲイではない。脩の恋愛対象は物心ついたころから同性だった。そのためか、なんとなく自分と同じ性的嗜好《しこう》の持ち主は判別できるのだ。同じマイノリティだけにわかる匂いとでもいうのだろうか。しかし鉄平からはその匂いがまるでしない。

そして、脩の容姿はごくごく平凡なものである。簡潔に表すならば地味だ。そんな自分を、好青年でゲイでもない鉄平が一目見ただけで好きになっただなんて。

（絶対にありえないだろ）

ただのからかいか、もしくは若気《わかげ》の至りか。思春期というには少し遅すぎる気もするが、毛色の変わったものに興味を示す時期なのかもしれない。けれど、脩は学生の気の迷いに付き合えるほど暇ではなかった。なにより、鬱陶《うっとう》しいにも程がある。

しかしこれ以上話を長引かせるのも面倒で、脩は小さく肩をすくめた。

「わかった、わかった。本気なんだよな、ごめん」

「……二回繰り返すときは嘘なんだって、うちの祖母《ばあ》ちゃんが言ってました」

鉄平は不満そうに顎に梅干しをつくる。

けれどすぐに、まあいいやと、破顔《はがん》した。

「今はいいです。でも、これから絶対に俺のこと好きになってもらいますから！」

そう自信満々に言い放つと、鉄平は唇の端をにっと引き上げる。よくもまあころころと変わる表情だ。脩はへんに感心しながら、はいはいとおざなりな相づちを打った。

「あ、そうだ。これどうぞ」

なにかを思い出したように、鉄平は手にしていた紙袋を掲げる。そして脩の手を取り、強引に押しつけてきた。

迷惑極まりない贈り物に、脩は思いきり顔をしかめる。

「だから、いらねえよ……って、ん？」

脩が押し返そうとすると、カチャリという金属音に似た音が袋の中で起こった。

思わず、脩は手元の紙袋に視線を落とす。手触りにも違和感を覚え、指先で確かめた。けれど触感だけではよくわからず、結局気になって袋を開けた。

中にはやや大きめの陶器のコップを取り出すと、つるりとした曲線を描く小さな陶器が入っていた。

コップを取り出すと、小さな丸い跡がふたつ、側面にある。模様というにはやや不自然だ。一緒に入っていた小さな陶器と合わせると、ぴったり符合した。

なるほど、元はマグカップだったのだろう。どうやら持ち手が外れてしまったようだ。

「すみません！」

持ち手が取れていることに鉄平も今気づいたようだ。みるみる顔が青ざめていく。

「さっき、ここに来る途中に自転車で土手《どて》から転げ落ちちゃったんですよね。たぶん、そのとき取れちゃったんだと……」

ちょっと待て、と脩はすかさず突っこみを入れた。

「自転車で土手からって、体は大丈夫なのか？　怪我とか！」

脩は慌ててまじまじと鉄平の体を検分する。改めて見ると、頬や腕などあちこちに小さな傷ができていた。土手に落ちたせいでできた傷なのだろう。

背中には自分では払いきれなかったのか土埃《つちぼこり》もついている。呆れまじりに衣服の汚れを払ってやると、大丈夫です、と顔いっぱいの笑顔が返ってきた。

「いきなり子供が飛び出してくるからびっくりしちゃいましたけど、どうにか避《よ》けられたし。それに、こんなのいつものことなんで」

「……いつものこと？」

鉄平はよほど注意力が散漫なのだろうか。自転車で土手から転がり落ちるなんて、普通に生活していればめったに経験することはないと思うのだが。

訝《いぶか》しげな脩には気づかず、鉄平はしょんぼりと頭を下げた。

「それよりもすみません、傷物を渡しちゃって。これは持って帰りますね」

鉄平があまりに意気消沈しているので、すっかり毒気を抜かれてしまう。しわしわと萎《しぼ》んでいく風船みたいだ。このままぺったんこになってしまいそうで見ていられない。

脩は軽く頬を掻くと、マグカップを自分の胸元に抱えこんだ。

「いいよ、湯飲みだと思えば使えなくもないし。もらっとく」

ありがとな、と素《そ》っ気《け》なく付け足すと、鉄平の表情がパッと輝いた。

「ありがとうございます！」

鉄平は顔の前で両手を組んで、うるうると脩を見つめる。土産をもらって礼を言われるというのも妙な話だ。

「ほら、もう用事は済んだだろ？　とっとと帰れ」

脩が苦笑しながらそう告げると、今度は鉄平も素直にうなずいた。どうやらアルバイトに向かう途中だったようだ。また来ますと言い残し、そのままにこにこと事務所を後にした。

少しして、脩が窓から通りを見下ろすと、ちょうど鉄平がビルを出て自転車を漕ぎ出したところだった。

鉄平がちらりと振り返る。目が合った瞬間、脩に向かって大きく手を振った。

交差点を渡りながら、鉄平はなおも度々こちらを見返る。また事故に遭ったらどうするのだと、通りを見下ろしながら背筋が凍った。鉄平の姿がビルの向こうに消えて、ようやく人心地《ひとごこち》がつく。

ほうっと息を吐きながら、絶対に好きになってもらうと言っていた鉄平の言葉が頭をよぎった。どうしたものかと、取れた持ち手を指先でぷらぷらと弄《もてあそ》ぶ。

(悪いけど、それはねえよ)

脩が鉄平を好きになることは、なにがあってもありえない。

脩がこの世で一番疎《うと》んでいるもの。

それは恋愛の二文字だからだ。

「朝から賑《にぎ》やかだねぇ」

脩が鉄平の消えたビルの先を見つめていると、ふいにそう声をかけられた。

窓を背にした席に小柄なお姫様がちょこんと腰掛けている。今までふたりのやりとりを興味深そうに聞いていたその女性は、すぐ脇に立つ脩を見上げてにっこりと微笑《ほほえ》んだ。

つぶらな瞳からは人工的な睫がぱっちりと伸び、頬も唇も自然な桃色で愛らしい。もちろん本物のお姫様ではない。けれど、淡い花柄のシフォンワンピースにカーディガンを羽織ったその姿は、まるで絵本の中から飛び出してきたようだった。

しかしそんな姿とは裏腹に、その手には超特大のおにぎりが握られている。お姫様はデスクに向き直り、優雅に雑誌をめくりはじめた。そして、鮭《さけ》おにぎりを大口で頬張る。始業前だというのに、卓上にはサンドイッチやおにぎりのカラが散乱していて荒れ放題だ。

「またですか、早月《さつき》さん。朝飯くらい家で食ってきてくださいよ」

朝からよくそんなに食べられるものだと、脩は口元を手で覆う。しかしそんな脩の呆れ顔などどこ吹く風で、早月は「らっへ」ともぐもぐ口を動かしていた。

すべてを咀嚼《そしゃく》し終えるとまだ湯気の立つ緑茶を啜《すす》り、早月はふうと頬を緩めた。

「女の子の朝は忙しいんだよ。遅刻しないだけでも褒めてほしいくらい」

「遅刻しないのは当然のことです」

脩は溜息まじりにそう答え、早月の向かいに位置する自分の席に戻った。

早月は脩の先輩で上司だ。総勢三名の零細事務所なので上下関係が厳しいわけではないが、それでも頭の上がらない存在ではあった。早月は大学時代の先輩でもあるのだ。在学中は同じ研究室にも属しており、性別は違えど気の置けない仲だった。

——ふと、食べ散らかしたカラに埋もれている雑誌の誌面が脩の視界に入る。

次の瞬間、雑誌に掲載されている写真に脩の頬が引きつった。

そこには今をときめく新進気鋭の建築家が、新作の建造物を背景に微笑んでいる記事が載っていたからだ。なんの変哲もない写真だが、誌面を飾るその男は、今の脩にとって地雷《じらい》にも等しい。

「……最悪」

内心で毒づいたつもりが、うっかり声に出てしまった。

早月は雑誌から顔を上げ、ごめんね、と小さく手を合わせた。

「彼の特集号だなんて、脩君に悪いかなってほんのちょこーっとだけ思ったんだけど。でも、彼って私たちの大学のＯＢだし、建築物だってすごく先鋭的じゃない？　やっぱり気になっちゃって」

深い皺が刻まれそうになる眉間《みけん》を気力で開き、脩は平静を装う。

「べつに、もう昔のことですし……」

しかし脩の言葉を遮るように、突然どこからか音楽が流れてきた。

発売と同時にヒットチャート一位を獲得し、あっという間にミリオンセラーを達成したロックナンバーだ。今の日本人で知らない人はいないのではというほど有名な曲だ。聞きたくなくとも街を歩けば勝手に耳に入るので、あまり音楽に明るくない脩でもよく知っている。

しかしその色気を帯びた歌声も、脩にとっては忌々しい不快音でしかなかった。

聞き覚えのあるその声に、ふたたび脩の表情が曇っていく。

早月はごそごそと足元にあるバッグを漁《あさ》ると、中から携帯電話を取り出した。早月が設定している着信音のようで、バッグから出るとさらに音が大きくなる。

「あら、メール」

早月がぱぱっと指で操作すると、音楽が止まり室内は一気に静まりかえった。さすがにもう眉間の皺を抑えることはできない。

脩がじとっとした目で睨むと、早月はぺろっと舌を出した。

そんな早月の反応に、脩はようやくその真意を理解する。

「……もしかしなくても、わざとですか?」

「そうよ?」

早月は開き直った様子で、不満げに頬を膨《ふく》らませた。

「だって、脩君ずるいんだもん。あんなかっこいい子にモテモテでさ!」

「かっこいいって……、まさか、あの学生のこと言ってるんじゃないですよね」

なんの話だと、脩はがっくりと肩を落とす。

「まさにその鉄平君のことよ? 明るくって素直で、とってもかわいいじゃない。顔だって、きりっとしててかっこいいし。ああいう子を思うままに振り回すのって快感よね。あの笑顔が陰っていくところを想像したらたまらないわ」

「あいかわらず、悪趣味ですね」

お姫様の皮を被った悪魔に、脩はよりすぎて固まった眉間を揉みほぐす。早月はびしっと人差し指を立て、脩の顔の前に突き出してきた。

「人の趣味にケチつけないでちょうだい。それに、脩君ったら、芸能人とも付き合ってたなんて羨《うらや》ましすぎるんだよ！　ずるいっ」

着メロの歌手のことを言っているのだろう。

早月の言うとおり、たしかに脩は昔、件《くだん》の歌手と付き合っていた。しかし、まだ学生だったころの話だ。そんな何年も前のことを言われてもと、脩は呆れかえってしまう。

「そうは言いますけど、俺があいつと付き合ってたときは、デビューの当てもないフリーターだったんですよ？　あのころはすっごい貧乏で毎日モヤシしか食ってなかったし、それに部屋に風呂もなかったから三日に一回も入ってなかったし」

それでもいいのっ、と早月が力強くこぶしを握る。

「夢に向かう彼を、私が支えてあげたいのよ。そして、いつの日か記者会見のまっ最中に、『今の俺があるのは、ずっと付き合っていた彼女のおかげです』って、無数のカメラに向かって私の名前を呼んでもらうの」

すてきっ、と早月はあらぬ方向をうっとりと見つめた。恍惚《こうこつ》としたその表情に、脩は開いた口が塞がらなくなってしまう。

それは一体どういうシチュエーションなのだ。そもそもあいつはそんなに愛情深い男ではなかったと言いかけて、脩はすぐに口を噤《つぐ》んだ。こんなことを言っては、また謂《いわ》れのない嫌がらせをされかねないからだ。

——新進気鋭の建築家と、オリコンチャートランキング上位常連の男性アーティスト。

このふたりには、ある共通点がある。

ふたりとも、脩の元恋人なのだ。

現在脩に恋人はいないが、これまで片手の指で足りるほどの男性と交際をした。しかし皆一年と続かず、最後に付き合った恋人と別れてから気づけば二年が経っていた。ちなみに、建築家の彼は同じ大学の卒業生で、アーティストの方は学生時代によく通っていた居酒屋のアルバイト店員だった。

どちらとも、やはり一年ほど関係が続いた。そして。

「振られたのはこっちだっつーの」

脩はぼそっとそう呟《つぶや》く。

早月はなにか思い出したように宙を見上げた。

「そういえばそうだったねぇ。かわいそうに脩君。いったい誰のおかげで成功したと思ってるのかしら！」

早月はそう言いながら、ぷりぷりと頰を膨らませていく。

「みんな、とんだ恩知らずよね！　脩君のあげシリあっての今なのに」

「……その言い方、やめてくれませんか？」

あげシリという造語に、胃の辺りが不快感でざわざわと波立ってしまう。しかしその言葉を発した当の早月は、不思議そうに小首《こくび》を傾げるだけだ。

「どうして？　脩君と付き合ったら、みんな幸せになれるんだもの。女の子だったらあげマンだけど、脩君は男の子だからあげシリ。他に言い様なんてないじゃない」

早月の言い分に、脩はなにも言い返せずぐっと息をのんだ。脩本人の好悪にかかわらず、早月の主張は正しいからだ。

早月とは付き合いが長い分、いいことも悪いことも、脩のことは大抵知りつくされていた。それは恋愛についても例外ではない。先ほどの建築家やロック歌手のように、早月には過去の恋愛遍歴をすべて知られているのだ。

基本的に他人を頼ることが苦手な脩なので、こちらから早月に恋愛相談を持ちかけたことは一度もない。けれど脩の恋はトラブルに発展することが多く、周囲にもすぐに知れ渡ってしまうのだ。

そして脩の恋愛がうまくいかなくなる原因。

それはひとえに『あげシリ』にあった。

早月の言うとおり、脩と付き合った相手は皆が幸運に恵まれ大成功をその手に掴む。そしてなんの因果《いんが》か、交際して一年も経つと脩は相手から捨てられてしまうのだ。

環境が変われば人は変わる。脩はいつだって恋人たちを応援したが、夢を叶えゆく彼らはいつの間にか平凡な脩とは釣り合わない存在になっていた。そしてより魅力的な新しいパートナーを得て、あっさりと脩を振るのだ。お決まりのコースだ。

成功を手にして自信に満ちた恋人が、外見、中身ともより優れた人に惹かれてしまうのはしかたのないことだろう。皮肉めいた自虐《じぎゃく》ではなく、脩はごく自然にそう感じていた。脩自身、自分のことを理屈っぽくて面白みのない人間だと自覚しているからだ。

そして夢に突き進んだ恋人たちとは逆に、自堕落《じだらく》な人間に転落してしまった人もいた。宝くじを買えば高額当選し、他のギャンブルでも損することはまずありえない。お金が湯水のように湧いてくるので働く必要がなくなるのである。

さすがにその恋人にはこちらから別れを告げた。けれど脩を座敷童《ざしきわらし》のように考えていたその恋人は、絶対に別れないと言い張ってストーカーへと豹変してしまった。警察沙汰の一歩手前までいきかけて、あのときは本当に肝の冷える思いだった。

それ以外にも、そんな噂を知る人に幸運目当てでつきまとわれたりと、あげシリのせいで脩は散々な目に遭ってばかりいる。

この妙な体質のせいで、脩は一部の界隈《かいわい》ではちょっとした有名人なのだ。去年の年末にもひとり、しつこい男がいた。見た目も暑苦しい大男で、思い出すだけでむしゃくしゃする。

つまりあげシリは、脩にとって諸悪の根源なのだ。

この忌まわしい力のせいで、トラブルばかりが舞いこんでくる。そんなことが積み重なり、脩は人間関係に疲弊《ひへい》して恋のひとつも満足にできないひねた性格になってしまった。

どんなに優しく誠実な人でも、破格の幸運を手にすると必ず変わってしまう。そのことを身をもって知ってしまったからだ。

だからもう、脩は恋愛なんて二度としたくなかった。

誰かを好きになって、心変わりする様を近くで見続けることはやるせない。誰よりも大切な人に裏切られるなんてつらすぎる。

あんな痛みをふたたび味わうくらいなら、もう誰も好きになどなりたくない。平凡に、ただ穏やかに生きていくこと。それだけが今の脩の望みなのだ。

それなのに——。

（やっと落ち着いたと思ったら、今度は客かよ……）

鉄平の顔が脳裏《のうり》をよぎり、脩は深く長い溜息をついた。

鉄平は自分のあげシリを知らないはずなので、さすがに幸運狙いではないだろう。しかしそうであっても、恋愛が面倒なことに変わりはない。

一日も早く諦めてほしいものだと頭を抱えていると、早月が「いいなぁ」と呟いた。なんの話だと、脩はしばたたく。

「なにがですか？」

「あげシリよ、あげシリ。脩君と付き合うだけで幸運ガッポガッポだなんて、本当にうらやましい……。私も男の子だったら、ぜったい脩君を襲ってたのに」

早月は本気とも冗談ともつかない口調で、デスクで隠れた脩の腰辺りをじっと見つめる。思わず椅子《いす》ごと後ずさると、早月が声を上げて笑い出した。

「ジョーダンよ。脩君はゲイだし、それ以前に私のタイプじゃないもの」

「……冗談ばっかり言ってないで、そろそろ仕事に入らないと。もう始業時間をとっくに過ぎてますよ」

脩が壁に掛かった時計を指し示すと、早月はつまらなそうに唇を尖らせた。

「やぁね、ツンツンしちゃって。いっつもそうなんだから。真っ赤になってくれなきゃつまんないじゃない」

ぶつぶつと零《こぼ》しながら、早月はデスクの上を手際よく片付けていく。

ゴミをまとめて雑誌をしまうと、卓上はあっという間にまっさらな状態になった。パソコンを立ち上げ図面を広げたころには、早月の表情はすっかり真剣なものへと変わっていた。その顔には先ほどまでのほほんとした様子などまったく残っていない。その切り替えの速さに、脩はいつもながら感心する。

脩もそうゆっくりはしていられない。あと一時間もすればクライアントが事務所を訪れる予定になっているのだ。

今日も新しい一日が始まる。

軽く伸びをして、脩もパソコンのスイッチを入れた。


翌週の月曜、空は雲ひとつない快晴だった。

昼というにはまだ早いけれど日差しはすでに強く、脩は眩《まぶ》しさにてのひらで庇《ひさし》をつくる。高く澄んだ青に、散りゆく桜の花びらがよく映えて清々《すがすが》しかった。

そしてそんな春の空にも負けない浮き立った声が、すぐ背後から脩の耳に飛びこんだ。

「嬉しいな、脩さんが俺の家に来てくれるなんて」

「仕事ですから」

脩はしゃがみこんだまま、後ろに立つ鉄平を振り返りもせずにそう答えた。そして測ったばかりの数値を、バインダーの用紙に書きこんでいく。

今朝は現地調査のため、鉄平の所有する家屋に来ていた。リフォームの前段階として、まずは正確な図面が必要となるからだ。建造されて三十年は経つというこの家には既存図面などないようで一から起こすしかなかった。

調査をしている間中絶えず鉄平に話しかけられ、知りたくもないのに鉄平のいろんな情報を知った。高校までは陸上をしていただとか、祭りでは絶対に金魚をすくうだとか、ほとんどがどうでもいい話ばかりだ。歩くスピーカーさながら絶えずしゃべり続けられ、脩の血圧は上がりっぱなしだ。心底鬱陶しい。

依然として口を動かし続ける鉄平を、脩は無言のまままちらりと見遣《みや》った。凍りつくような視線を投げつけると、脩の鋭い眼光に鉄平もようやく口を噤む。慌てて口元を押さえる鉄平に、脩はやれやれと溜息をついた。

ふと、鉄平の肩越しにある、錆びた鉄柵が目についた。中谷邸を取り囲む鉄柵には、レトロな雰囲気のアルミプレートが掛かっている。この建物は『ちどり荘』というそうだ。こちらからでは見えないが、プレートにそう印字されてあった。

ちどり荘は鉄平が管理しているシェアハウスだ。造りとしてはやや広めの一軒家で、屋内への入り口はひとつしかない。元々は家族用の住宅としてつくられたものだろう。

ひとつ特徴をあげれば、一階のリビングがかなり広かった。

一般的なそれよりも広々と空間をとっていて、その一角には古めかしいグランドピアノが置かれている。調度品も小洒落ていて、フランスのアンティークといった風情があった。簡単なコンサートやホームパーティーが催せそうな雰囲気だ。

部屋はリビングを入れて全部で五つ。一階にはリビングの他に手狭《てぜま》な洋室がひとつあった。そして二階には大小三つの部屋がある。ちどり荘には現在ふたりの入居者がいるらしく、二階を間貸ししているようだ。家主である鉄平は、一階の部屋で暮らしていると言っていた。

現役大学生で、シェアハウスの経営者。朗《ほが》らかな鉄平からはあまりイメージが湧かないけれど、実は学生起業家というやつなのだろうか。

もしそうだとしても、学生で改築を行うとなるとなかなかの大仕事に違いない。そうせざるをえない状況だということは、この一日で脩もよく理解したけれど。

なんといっても、ちどり荘は非常に古いのだ。

脩は目前の建物を仰ぎ見た。

造り自体はヨーロッパの片田舎《かたいなか》を彷彿《ほうふつ》とさせる佇まいで、女性が好みそうな情緒《じょうちょ》がある。建物を取り囲む庭には花壇もあり、一見するだけでわかるほどよく手入れがされていた。パンジーやムスカリ、チューリップなど、春の花が美しく咲き誇っている。

しかし壁にはべったりと蔓《つる》植物が絡みついていて、どうにも気味が悪い。それが味になっているともいえるが、建物がひどく老朽化《ろうきゅうか》しているので見ようによってはお化け屋敷なのだ。

外装もところどころ剝げかけており、壁には魔女の横顔のようなシミが浮かび上がっていた。おそらく内部の木材が腐食してできたものだ。これがさらに不気味さを醸し出している。

（さて、どうするかな……）

以前行ったヒアリングでは、鉄平は外装と一部の内装のリフォームだけを考えているようだった。家鳴りがひどく、それが一番の心配の種だという話だ。改築して長く住めるようにしてほしいと言っていた。

しかし今見た限り、建物の骨組みである軀体《くたい》から手を加える必要も否定できなかった。なにしろ建物自体が古く、これまでろくなメンテナンスも施《ほどこ》されていないようなのだ。それにちどり荘が建築された当時と今とでは、建築基準も大きく異なる。

そのため、長く住めて、なおかつ耐震のことなども考えると徹底的に改修を行いたいところだった。しかしそうなれば、費用はほとんど新築と差がなくなってくるだろう。初めに聞いていた予算から、大きくオーバーしてしまうことは間違いない。

しかし、もう数年この仕事をしているけれど、今自分の背後に立っている極楽とんぼな家主に真実を伝えることは、なんとなくためらわれた。さりとて、迷ったところで現状が変わるわけではない。脩は小さく息を吐き、鉄平の方を振り返った。

「リフォームを検討されているということですが、それだとかなり大がかりになりそうですよ。建物だって生き物と同じで、十年、二十年と経ってくると、いろいろ手を加えてあげないと長持ちさせるのは難しいんです。私の意見を言うなら、一部のリフォームよりも建て替えをお勧めしますが」

脩はできるだけ柔らかい口調で、どうでしょうかと続ける。

けれど次の瞬間、鉄平はもの悲しげに俯《うつむ》いてしまった。

（そりゃまあ、そうだよな……）

鉄平が落ちこむのも無理はない。たとえ想像できていたとしても、自分の住まいが本当に劣化していたと知って平然としていられる人はいないだろう。それに金銭的な問題もある。鉄平も例に漏れず、ひどく沈んでいるようだ。

それほど人となりを知っているわけではないが、鉄平は感情豊かでそれがすべて表情に表れる。そのため出会って間もない脩にも、鉄平の心が手に取るように読みとれた。悄然と俯く鉄平に、脩は妙な罪悪感を覚えてしまう。

「……今回は、最低限必要な補修だけに留めて、また数年後に改めてプランを見直しますか？　二度手間にはなってしまいますが、中谷さんの現在の状況次第ではその方がいいかもしれませんよ」

脩は腰を上げて、改めて鉄平の顔を覗きこんだ。さすがに気の毒で、胸の辺りがずっしりと重くなる。

しかし鉄平は、そうじゃなくて、とすぐに顔を上げた。

「そんな他人行儀《たにんぎょうぎ》なしゃべり方、悲しいです……。距離を感じるっていうか」

あまりに素っ頓狂な鉄平の答えに、脩は新喜劇よろしくその場でずっこけそうになってしまう。たった今感じていた感傷を返してほしい気分だ。

だいたい他人行儀なのではない。正真正銘、ただの他人だ。

「あのですね。人の話ちゃんと聞いてます？　誰の家の話ですか」

「あ、聞いてます！　建て替えですよね。ちゃんと聞いてますよ」

あはは、とのんきに笑う鉄平の後ろ髪はあいかわらずはねている。どこまでも脳天気なその姿に、脩は頭を抱えた。

「二回言うことは嘘なんじゃなかったっけ？」

つい敬語も忘れてそう返すと、鉄平は満足そうにうなずいた。

「そうそう、ため口で話してください。あと、名前も鉄平でいいですよ！　中谷さんなんて、なんか寂しいし」

そう言って、鉄平はペンを握った脩の手をぎゅっと握りしめる。

「手を放してくださいますか、中谷さん？」

「今日も冷たい……」

けんもほろろな脩の切り返しに、鉄平はよろよろと手を放した。

いつまでも茶番に付き合ってはいられない。脩はそんなことより、と咳払いをした。

「具体的なプランは正確な図面を出してからの相談になりますけど、今のところの意見を聞かせてもらえますか？　リフォームのままでいくか、建て替えも視野に入れるか」

脩の質問に、鉄平はふっと真顔《まがお》になる。

そして脩の背中越しにちどり荘を見つめた。

「どうしても、建て替えは必要でしょうか？　できれば、このままの形を残したいんです」

「気持ちはわかりますが、将来的に必要になる可能性はきわめて高いです」

「……そっか」

鉄平がふっと目を細める。やはり建て替えは本意ではないようだ。

自分が住んでいる場所なので、愛着があるのは当然だろう。できるだけ元のままで住み続けたいという人は、鉄平に限らず少なくない。古いということは、それだけの歴史があるということだ。思い出だって星の数ほど染みついているのだろう。

その表情がひどく寂しげで、思わずどきりとした。いつもの鉄平らしからぬ大人びた様子に、なんだか居心地の悪さを感じてしまう。

心許なさに鉄平から目を逸《そ》らすと、建物の脇に置かれてある自転車に目がとまった。

正確には、自転車『だったもの』というべきかもしれない。

丸く平らなはずのタイヤは直角に曲がり、サドルは取れて影も形もない。また、前に取り付けられたかごは悲惨な状態にひしゃげていて、ハンドルはあらぬ方向を向いていた。一体なにがどうなればああなるのだろうか。

その現場を想像し、脩の背筋が冷たくなる。まるで大惨事の跡だ。瞬きも忘れて自転車の残《ざん》骸《がい》を見つめていると、鉄平がなにを見ているのかと脩の視線の先に目を向けた。

鉄平も自転車を視線で捉え、あれは、と苦笑した。

「コンビニに停めてたら、ちょっと目を離した隙に車に轢《ひ》かれたんです。店の中からばっちり現場も見ちゃいましたよ」

そのときの情景を思い出したのか、鉄平は深く息を落とす。

「それは……。なんていうか、その、災難だったな」

同情するが、それ以上かける言葉が見つからなかった。鉄平は力なくうなずいた。

「今はアシがないから、学校まで歩いて通ってるんです。電車もバスもちょうどいい路線がなくて、片道一時間半もかかっちゃって。……困ったなぁ、新しく買い直さなきゃ」

困り果てた様子の鉄平に、脩は改めて自転車を眺めた。

何度見ても、やはりゾッとした。ああも破損がひどくては修理のしようもないだろう。脩は無意識に引きつった笑みを浮かべる。

先日の土手から転げ落ちた件といい今の自転車といい、鉄平は最近ついていないようだ。

しかし鉄平はパッと表情を切り替え、あっけらかんと笑ってみせた。

「でもまあ、壊れちゃったもんはしょうがないから。轢かれたのが人間じゃなくてよかったですよね」

平然とした口調でそう話す鉄平に、脩はぽかんと目を丸くする。

明るい性格なのだろうとは思っていたが、鉄平は予想以上に前向きなようだ。その笑顔に嘘や虚勢は少しも混じっていない。もしも自分が鉄平の立場だったら、こんなふうに簡単に割り切れるだろうか。

鉄平のその朗らかな様子に、気づくと脩も表情を緩めていた。なにごとにも真面目《まじめ》な性格の脩だが、鉄平のこうした楽天的な考え方は嫌いではない。ただただ、純粋に感心する。

脩は改めて、リフォームの件だけど、と鉄平に告げた。

「まだもう少し時間はあるから。少し考えてみろよ」

ちどり荘を今のまま残すことは無理でも、できる限り最善の形で施工を行いたい。そのためにも、鉄平にはきちんと自分の気持ちと向き合ってその答えを出してほしかった。

このお人好しな青年の願いを叶えたいと、脩は素直にそう思う。

「ありがとうございます」

鉄平も脩を見返し、かすかに微笑んだ。

鉄平の瞳が切なげに揺れた気がしたけれど、すぐに目を眇《すが》めたのでよくわからなかった。

きっと、朝の日差しに目が眩《くら》んだせいだろう。

2

突然降り出した横なぐりの雨が、容赦なく街を叩きつけはじめた。

ゴールデンウィークが明けたばかりだというのに、空は異様な曇天《どんてん》に覆われている。まるで夏の嵐だ。雷鳴《らいめい》まで鳴り響き、つい数分前までの晴天が嘘のようだった。昼過ぎだとは信じられないほど辺りは薄暗い。

窓際の席から、脩は溜息まじりに空を見上げた。

仕事で必要な書類を役所に提出に行った帰りだ。用事が終わった後なのでまだよかったが、急に雨に降られて立ち往生《おうじょう》していた。時間的にも昼だったので、食事も兼ねて通りすがりにあったカフェに避難したのである。

しかし、雨は一向に止む気配を見せない。

通りに面した窓からは、小走りに通路を駆け抜ける人や、急ぎタクシーをつかまえようとする人たちの姿が見えた。予想もしない大雨なので傘がないのだろう。

ぼんやりとそんな光景を眺めていると、ふと脩の視界が遮られた。

この雨を凌《しの》ぐため、ひとりの通行人がカフェの庇の下に避難してきたようだ。なんとなく顔を伏せ、脩はガラス越しに立つ男性のずぶ濡れのスニーカーを一瞥する。

（あーあ、かわいそうに。急などしゃ降りだもんな。……ていうか、最近こういうの多いな）

なんとなく鉄平のことを思い出し、脩は無意識に笑ってしまった。

鉄平もこのところ運がないようだ。先日の自転車の件では、思わず同情してしまったほどだ。まさかこの雨にも降られていたりしてと、冗談まじりにそんなことを思う。

正直にいえば、脩は鉄平のことが嫌いではなかった。屈託のない素直な性格は、脩から見てもとても好ましいものだ。それに、鉄平は妙に相手の庇護《ひご》欲をかき立てる。仕事のことを抜きにしても放っておけず、なんとなく手を貸したくなってしまうのだ。

だがそれも、脩のことを好きだと言わなければの話だけれど。

脩はこっそり息をついた。

どうすれば自分への気持ちを鉄平に諦めさせることができるのだろうか。自分でもクライアント相手にどうなのだというほど、手ひどくあしらっている。普通ならばとっくに心が離れそうなものだし、人によっては逆上してもおかしくない。

しかし脩がどんなに素っ気ない態度をとっても、鉄平の気持ちが冷める気配はなかった。脩にはそんな鉄平が不思議でたまらない。

（ていうか、俺なんかのどこがいいんだ）

そう思い、なにげなく顔を上げた瞬間。

車道を通り過ぎた大型車が、道路に溜まった雨水を激しく跳ね上げた。

泥交じりの薄茶けた水が、窓の外に立つ男の体に勢いよく襲いかかる。避ける間もなく、男の体は頭の先からつま先までびっしょりと水浸しになってしまった。髪の毛や洋服から、ぽたぽたと水滴が滴《したた》り落ちている。

唖然として、脩は反射的にずぶ濡れになった男性を凝視《ぎょうし》した。

次の瞬間、脩は自分の目を疑った。窓越しに立つ男性の顔を確認し、脩は思わずガラスにへばりつく。

——そこには、他でもない鉄平が立っていた。


ビルのエントランスで、鉄平が脱いだばかりのシャツを絞る。シャツから滴り落ちる水分が、ビルのすぐ脇を流れる溝へと流れていった。

本当は先ほどのカフェにでも落ち着きたかったが、ここまでずぶ濡れの鉄平を連れて入ることはためらわれて諦めた。ここならば雨も凌げるので、結局エントランスに落ち着いたのだ。

「ほら」

脩はぶっきらぼうにそう言うと、鉄平に向かってホットの缶コーヒーを差し出した。体が冷えているだろうと、ビル内の自販機で買ってきたものだ。

鉄平はひときわ強くシャツを絞ると、脩の方へ顔を向けた。手元のシャツから顔を上げた鉄平と目が合い、不覚にもどきりとしてしまう。

頭から雨水を被ったせいで、鉄平の肌がしっとりと艶めいていた。雫《しずく》を垂らす髪の毛や濡れた睫もどこか野性的だ。いつもは無邪気で明るい鉄平なのに今は妙な色香を帯びていて、それがなんだか癪《しゃく》だった。

（ほんと、見た目だけはいいんだよな……）

ざわめく心臓の鼓動を、脩はかぶりを振ってごまかす。

しかしふと、鉄平の体のあちこちに小さな傷があることに気がついた。塞がりかけたものもあれば、まだ新しく赤いミミズ腫れになっているものもある。なんだろうと気になるが、鉄平は濡れたシャツにふたたび腕を通し、すぐに傷は隠れてしまった。

シャツのボタンを留めながら、鉄平は缶コーヒーと脩の顔とを見比べる。

「これ、もしかして俺のために？」

「体が冷えたら大変だし、ちょっとでも温めた方がいいから」

脩は鉄平の胸の辺りに缶を押しつけた。その途端、鉄平の目元が赤く染まっていく。宝物でも賜《たまわ》るかのように、感動に震える両手でしっかりと受け取った。

「ありがとうございます……！」

鉄平の仰々《ぎょうぎょう》しい反応には多少慣れた気でいたが、まだまだ修業が足りないらしい。たかだかコーヒー一本で大した感謝のされようだ。呆れるやら気恥ずかしいやらで脩は無言のまま頬を掻いた。

それにしても、こんな街中で鉄平に会うとは思わなかった。ちょうど本人のことを考えていたときだったので、脩は重ねて驚きを覚える。

本当は気づかないふりをしようかとも考えたのだが、窓越しに脩を見つけたときの鉄平の喜びようはすさまじく、見て見ぬふりなどできなかった。それに全身濡れ鼠《ねずみ》になった鉄平の姿を見てしまった以上、ひとり街中に置いていくこともさすがに心苦しかったのだ。

「早く飲まないと冷めるぞ」

缶を握りしめたままタブを開けようともしない鉄平に、脩がそう促す。しかし鉄平は頭を軽く横に振るだけで、開けようとはしなかった。

「もったいなくて飲めません。こうやって、持ってるだけでも暖かいです」

鉄平は缶コーヒーをてのひらで包み、満面に笑みを浮かべる。

「……そんな大層なものかよ」

呆気にとられてそう言うが、鉄平は嬉しそうに笑うだけだ。

「俺にとっては大層なものなんです。ていうか、脩さんに会えるなんて今日は本当にラッキーだな。脩さんは仕事ですか？」

そのずぶ濡れの姿でラッキーだなんて、正気なのだろうか。鉄平の思考回路はどこまでも不可解だ。

「俺は仕事。役所に行った帰りだよ。そっちは？」

「学校に行く途中なんですけど……」

そう答えると、鉄平は困り果てた様子で空を見上げた。空は厚い雨雲に覆われたまま、一向に晴れる気配を見せない。

「今日は実習だから、早く学校に着いときたいんだけどな……。間に合うかな」

鉄平が溜息をつくと、それが合図であるかのように雨は一斉に激しさを増した。気の毒だとは思うが、そのタイミングの悪さがおかしくて、思わず脩は噴き出してしまった。

突然笑い出した脩に、鉄平がきょとんと目を丸くする。

「……わるい、笑うつもりはなかったんだ。少しでも雨が弱まるといいな」

「いざとなったら雨の中走っていきますよ」

「風邪ひかないようにな」

脩がそう微笑みかけると、はい、と鉄平も相好《そうごう》を崩した。

「今日のは解剖実習だし、どうしても休みたくないんですよね」

「解剖？」

解剖ということは、鉄平は医療系の学生なのだろうか。大学生だとは知っていたが、そういえばなんの学部なのかは聞いたことがなかった。

そんな疑問が顔に出ていたのか、鉄平が口を開く。

「俺、医学部なんですよ」

「へえ、そう、医学部……って、医学部？　――中谷君が？」

あっさりとした口調でそう告げられ、脩は一瞬そのまま聞き流しそうになる。予想外の答えを受け入れられなかったのか、脩の脳みそは一拍遅れてようやく鉄平の言葉を理解した。

思いもよらない返答に、脩は二、三度瞬きを繰り返す。

鉄平は底抜けに陽気な分、物事を深く考えているようには見えなかった。それに、成績に関していえば優秀なようにも感じられない。もちろん外見で決まるものではないことくらいわかっているけれど。

もしかして鉄平なりの冗談なのだろうか。脩は鉄平の様子を窺《うかが》う。しかし鉄平は平然としているのでそうではないようだ。

訝る脩の反応に、鉄平がかすかに首を捻《ひね》った。

「俺ってそんなに医者って柄じゃないのかな。これ言うと、ほとんどの人が信じらんないって顔するんですよね」

どうやら皆同じことを考えるらしい。脩は内心でうんうんと首を縦に振る。

「まあ、医者ってイメージはないかな。……ていうか、医学生がシェアハウスの運営なんて、普通しないだろ？」

現役大学生でシェアハウスの経営者。そして医者の卵。それらのイメージが、脩の中でうまくかみ合わない。知れば知るほど、鉄平は謎だらけだ。

そんな脩に、あの家は、と鉄平が穏やかな口調で切り出した。

「元は祖母ちゃんの家で、俺も一緒に住んでたんです。両親は俺が子供のときに死んじゃって、家族は祖母ちゃんしかいなかったから」

思いがけない鉄平の告白に、脩は言葉を失う。

「両親は交通事故で。そんとき、どこの病院も患者さんがいっぱいで、搬送先が見つからなかったんです。結局それで、処置が間に合わなくて」

「そんなことが……」

「俺、単純だから。医者が足りないなら俺がなればひとり増えるって、ただそれだけで決めたんですよね。そうすれば、その分多くの人が助かると思ったから。……でも、こんな子供みたいな考えじゃ、似合わないって言われてもしょうがないのかな」

鉄平はそう言うと、かすかに苦笑を浮かべた。

「祖母ちゃんの方は去年の冬に、病気でぽっくり。八十超えてもすごい元気で、俺の百倍はピンピンしてたのに。わかんないもんです」

鉄平はなんでもないことのように言葉を続ける。

けれど、もう冷めているであろう缶を両手できつく握りしめていた。その手が少しだけ震えている気がする。

「祖母ちゃんにも俺しか家族がいなかったから、ちどり荘は俺が継いだんですよ。まあ、脩さんも知ってるように、めっちゃボロ家なんですけどね。でも、あそこがなくなったら住む場所までなくなっちゃうところだったから。あんな家でも残してくれて感謝してます」

「そうだったんだ。……わるかったな」

平静を装う鉄平が、なんだかひどく悲しかった。口にしたくないことだったのではないかと、胸の辺りがずきりと痛む。

しかし、まったく予想していなかったといえばそれは嘘だ。まだ学生である鉄平が家をリフォームしたいなど、なにか事情があるだろうとはさすがに気づいていたからだ。費用に問題がないことは初めに確かめていたが、おそらくそれは祖母の遺した保険金かなにかなのだろう。

鉄平は一瞬きょとんとすると、すぐに表情を緩めた。

「こっちこそすみません。この話すると、なんかいっつも謝られるんですよね」

「いや、ごめん」

再度謝ってしまい、脩は慌てて口を噤む。

「ほら、また」

鉄平がくすくすと笑う。

「そりゃ、親も祖母ちゃんもいなくなって、すげぇ寂しかったし心細かったけど。でもみんな、生きてるときは毎日幸せそうだったから、たぶん、あっちでも賑やかにやってると思うんですよね」

「……そっか」

自分のことよりも亡くなった家族を思い遣る鉄平に、胸の奥がギュッとなった。

鉄平がふっと目を細める。

「だから、今にもう平気ですよ」

不幸を恨まず、それどころか前向きな行動に繋げていく鉄平。大切な人たちを失って、それでも自分の足でまっすぐ歩くことの困難はきっと想像以上のものだろう。

それに考えたことをそのまま行動に起こすことは、簡単なようでとても難しい。自分が医者になることでひとりでも多くの人が助かればいいと、その気持ちだけを頼りに突き進む鉄平の姿がやけに切なかった。

「止まないなぁ、雨」

鉄平はしびれを切らしたように、腕時計に視線を落とした。

そろそろタイムリミットなのだろう。鉄平は残念そうに肩を落とした。

「じゃあ、そろそろ行きます。コンビニ見つけて傘買えば、ちょっとはマシかもしれないし」

「本当に大丈夫か？　そのまま実習に参加したら、君の方こそ風邪ひいちゃいそうだけど」

「大丈夫です。学校にもいくつか着替えを置いてるから」

あっけらかんと、鉄平が答える。

脩はぱちぱちとしばたたいた。

「どうしてわざわざ着替えなんか？」

なにかスポーツサークルにでも入っているのだろうか。普通はわざわざ学校に着替えなど置かないものだ。

「俺、よく服をダメにしちゃうんです。今日もこの雨でびしょ濡れだし、こないだなんて屋上の鉄柵に引っかかって、シャツが真っ二つに裂けちゃったんですよ」

「真っ二つ？　シャツが？」

「しかもそのまま屋上から落ちそうになっちゃって、あのときは本気でもうダメかと思いました……」

しみじみとそう話す鉄平に、脩の全身がサーッと粟立つ。

「周りにもよく言われるんですけど、俺ってすごい不運体質みたいなんですよね」

「不運体質？」

言葉の内容とは裏腹に、鉄平はからりと笑う。

「そういや、俺、一浪してるんですけど、それも受験直前に肺炎で入院しちゃったからなんですよ。電車に乗れば止まるし、自転車に乗ればこけるし、かといって歩けば通行止めと赤信号のオンパレードだし。もう踏んだり蹴ったりです」

そういえば、鉄平は先日も自転車で土手から転げ落ちたと言っていた。無残な姿に変わり果てた自転車の様子も思い出す。まさかこうした災難は鉄平にとっては日常茶飯事《さはんじ》で、先ほど見た全身の生傷も、そのせいでできたのだろうか。

「……それ、本気で言ってる？　俺をからかってるとかじゃなく？」

「脩さんに嘘なんかつきません」

脩に疑われたことが心外なのか、鉄平が真剣な表情で脩を見つめた。心臓が勝手に騒ぎはじめたのは、きっと鉄平の不運話に気が動転しているからに違いない。

「実を言うと、このまま無事に国家資格の受験までいけるのか、なにげに不安なんですよね。この調子だと、なーんか邪魔が入りそうでしょ」

あっさりとそう言ってのける鉄平の背後に、黒い影さえ見える気がした。もちろんただの気のせいで、慌てて目を擦《こす》るとすぐに消えてしまったけれど。

「いや、それ、笑い事じゃないだろ！」

「でもなぁ、気にしたってどうなるものでもないし」

しかし鉄平はことさら明るくそう口を開く。

「たしかにツイてないところはあるけど、それでもこうして脩さんにも出会えた。だから俺、幸せですよ？」

幸せだという言葉は、紛れもない鉄平の本心なのだろう。鉄平は照れたように口元を緩ませている。

（どうして平気でいられるんだ……？）

やることなすことすべてが災難に見舞われているというのに、鉄平はなぜ笑っていられるのだろう。自分だったらきっと、こうも素直なままではいられない。

実際に、脩はあげシリのせいで恋人たちとことごとく別れることになり、気づけば恋愛そのものをすっかり疎むようになってしまった。……もしも自分が鉄平のように屈託のない性格だったら、今でも誰かを好きになりたいと、そう感じていられたのだろうか。

そんな脩の心を見透かすように、鉄平が優しく目を細めた。

なぜなのか、鉄平の瞳から視線を逸らすことができなかった。

「不運体質？」

なぁにそれ、と早月の笑い声が事務所に響く。

デスク上のパソコン越しに、早月がけたけたと笑い転げている。

鉄平と別れて事務所に戻ると、脩はすぐに先ほどの出来事を伝えた。あまりに衝撃的すぎて、黙っていられなかったのだ。あの後、鉄平がビルを立ち去ると同時に雨は上がり、タイミング的にもやはり不運体質と無関係だとは思えなかった。

「ツイてない人っているんだよねぇ、鉄平君もかわいそうに。ま、体質ってのはさすがに言いすぎな気がするけど」

「でも、あいつの場合は本当に……」

土手から転げ落ち、自転車は再起不能になるほどひどく車に轢かれ、外を歩けば大雨に降られる。――なにより、家族まで失ってしまうなんて。

そのすべてを不運のひと言で片付けることには抵抗があるし、さすがに家族の死が鉄平のせいであるはずがない。それでも、その薄倖《はっこう》ぶりは耳を疑うほどだった。

脩はパソコンに向き直り画面を見つめる。

パソコンのモニターには、作りかけの図面が映し出されていた。ちどり荘の図面だ。

細かい調査の結果、やはり建物の骨組みである軀体まで弱っていることが判明した。軀体までしっかり手を加えなければ長く保たせることは難しいようだ。鉄平の心次第ではあるけれど、次の打ち合わせでその点まで細かく話をしていく必要があるだろう。

脩はふと、調査でちどり荘を訪れた日のことを思い出す。できればこのままの形を残したいと言っていた、鉄平の声が聞こえた気がした。その瞳が寂しげに揺れていたさまも、はっきりと目に浮かぶ。

鉄平の境遇を知った今となっては、ちどり荘を残したいというその想いが痛いほどわかる。明るい鉄平がふいに見せる切なげな表情に、脩の胸は苦しくなった。鉄平の状況を思えば、なにか力になりたいと感じるのは当然だ。けれど、それとは違う形のない感情が、脩の喉の奥を引っ掻いて傷跡を残していく。

ひとしきり笑って落ち着いたのか、早月が目元の涙を拭《ぬぐ》っていた。

そして、てことはさ、と口を開く。

「ふたりは運命の相手なのかもね？」

「運命？」

早月の発言に、脩は思いきり眉間に皺をよせる。しかしそんな脩とは対照的に、早月はにやにやとパソコンの横からこちらを覗きこんできた。

「だって、あげシリの脩君と超絶不運な鉄平君でしょ？　ふたりが付き合っちゃえば見事に問題解決じゃない。これはもう運命だとしか考えられないわ。鉄平君が脩君を一目で好きになったのも、きっと意味があるのね。明太子《めんたいこ》とマヨネーズのように、あなたたちは惹かれ合う運命なのよ」

「……馬鹿らしい。なにが明太子とマヨネーズですか。それは早月さんが今朝食べてたおにぎりの具でしょう」

くだらないと一蹴《いっしゅう》する脩に、早月は相好を崩した。

「最近ハマってるんだ！　明太とマヨの出会いは奇跡だよねぇ」

「奇跡だか運命だか知りませんけど、そんなものは全部、偶然か気のせいなんですよ」

脩はパソコンの図面を修正しながら、もちろん幸運も、と素っ気なく言い足す。奇跡、運命、そして幸運。そういった不思議な力が実際にあるのだろうということは、自分の体験を通じて不本意ながら理解している。けれど絶対に、それを言葉にしたくはなかった。せめて口だけでも否定していないと、あげシリに全面降伏しているようで業腹《ごうはら》なのだ。

「ていうか早月さん、運命なんて信じてるんですか?」

「もっちろん。私はいつだって運命を信じてるわ。そのうちエアフォースワンに乗ったイケメン石油王が私を迎えに来るのを待ってるもの」

「……一万回生まれ変わってもありえないですよ、そんな運命。だいたい、なんでエアフォースワンなんですか。アメリカなのかアラブなのかはっきりしてください」

「まったく、これだから理系男子は嫌なのよ。夢は大きくって言うでしょ?」

早月がぶつくさそう漏らしていると、事務所の電話が鳴り出した。はいはーい、と早月が受話器に手を伸ばす。

「はい、フィロソフィア・アーキテクツ……、あら、鉄平君」

噂をすればなんとやら。当の鉄平からの電話のようだ。

「どうしたの、そんなに慌てて。うん、うん。…………え?」

ガタンと、早月が椅子を蹴って勢いよく立ち上がる。

「なに、ちょっ、ええ? ……えっと、もう一回言ってくれるかな」

一体なにを話しているのだろうか。いつものんびりとして悠長な早月の顔から、一気に血の気が引いていく。

さすがに脩も心配になり、腰を上げて早月に向かって身を乗り出した。早月は脩の顔をぎこちなく見上げると、顔面蒼白《がんめんそうはく》のまま受話器を差し出す。

「どうしたんですか？」

尋常ではないその様子に、脩はごくりと唾をのむ。

「……鉄平君のお家、トラックが突っこんで半壊しちゃったんですって」


脩がちどり荘に着くと、敷地内で呆然と佇んでいる鉄平の背中が見えた。

夜に沈む間際の霞《かすみ》がかった夕陽が、街を淡く染めている。橙《だいだい》色に照らされたちどり荘は、朝のそれよりもいっそう謎めいてかそけく見えた。

トラックがぶつかって崩れてしまった部分には、青いビニールシートが張られている。一階部分を中心に、建物の半分ほどをぐるりと覆っていた。そのため壊れた部分を直接目にすることはなかったが、周りに散乱するがれきなどが事故の様子を物語っていた。

ちどり荘に衝突したトラックは、そのままこの場から逃げてしまったらしい。

この状況を見るとトラックだって無傷だとは思えないが、とりあえず走れる状態ではあったのだろう。警察が追っているとはいえ、いつ捕まえられるのか定かではない。近所の人が逃げ去るトラックを見たようなので手がかりはあるようだが。

あれほど美しかった花壇も、乗り上げたトラックの轍《わだち》でひどい姿になっていた。タイヤで踏み荒らされた花たちが、見るも無惨に薙《な》ぎ倒されている。なんだか今の鉄平の姿と重なって見えて、よけいに胸が締めつけられるようだ。

「……脩さん」

脩に気づき、鉄平はふっとこちらに視線を向ける。

「来てくれたんですね」

鉄平は少しだけ微笑み、すぐにちどり荘に目線を戻した。その声にはいつもの明るさがない。

「……大丈夫か？」

なんと言うべきか迷い、脩は鉄平にそう声をかけた。この状況で大丈夫なわけがないではないか。言った傍《そば》から後悔した。

けれど鉄平は、小さくうなずいてみせる。

「怪我人は？」

「それは大丈夫です。昼だったし、ふたりとも外に出てたみたいだから」

そうか、と答えると、それきり会話が途絶えてしまった。辺りはシンと静まりかえる。

いつもはうるさいくらい話しかけてくる鉄平だが、さすがに今日はそんな気にはならないのだろう。本当にただぼんやりと、傷ついたちどり荘をその瞳に映していた。

ちどり荘が半壊したと聞いて思わず駆けつけたが、今はかえって迷惑だったかもしれない。自分が担当している建物だということもあるけれど、それ以上に鉄平を放っておけなかったのだ。頼る家族もなく、その思い出の家までもが半壊してしまうなんて、その気持ちを思うといてもたってもいられなかった。

「ちどり荘のちどりって、うちの祖母ちゃんの名前なんです」

ぽつりと、鉄平がそう零す。

「大島《おおしま》ちどり。……つっても、芸名なんですけどね。シャンソン歌手だったんですよ。でも、それだけじゃ食ってけないからって、家の間貸しを始めたみたいです。プライドの高い人だから、自分でそうとは言わなかったけど」

そう言うと、鉄平が洒脱《しゃだつ》なメロディを口ずさみはじめた。

どうやら、鉄平の祖母の曲のようだ。

サビだと思われるフレーズを歌い終わると、鉄平は知っているかと訊いてきた。脩は少し迷って首を横に振る。たとえ嘘でも、今は知っていると答えるべきかと少し迷った。しかしシャンソンを聴く習慣はないし、あまりテレビも見ないので脩は流行《はや》りの曲にさえ疎い。嘘をついたところでいずれは知られてしまうだろう。

脩はそっと、鉄平の様子を窺う。

べつに気にしていないようで、鉄平は残念ですと笑うだけだった。

「この家、昔は祖母ちゃんの弟子とかも入ってて、結構賑わってたんですよ。俺はそのときはまだ子供で、みんなを本物の家族だって思ってました。優しい人も変わった人も、怖い人もいたけど、……懐かしいな」

当時のことは脩には想像しかできないけれど、鉄平の目がひどく優しいことに気づいた。

ピアノのメロディとちどりの歌声。まだ幼い鉄平が階段を駆け上ると、その足音を聞いたちどりの弟子が当然のように部屋に招き入れる。窓を開ければ季節の花と緑の匂いが風に乗ってふわりと舞いこむ。そしてべつの部屋からもまた歌声が溢れて——。

そんな光景さえ見えるようだ。

「……お祖母さんが今のちどり荘を見たら悲しむな」

改めてちどり荘を眺め、脩はそう呟いた。

夢から覚めたように、脩の目の前には積み上がったがれきの山や古く色褪せた建物だけが残っている。

「いや、祖母ちゃんなら、悲しむよりもキレるかな。もし今も生きてたら、地獄まで追いかけてでもドライバーを半殺しにしてるよ、きっと」

鉄平はそう言うと、次の瞬間にっと相好を崩した。

「でもほら、脩さんもいつか建て替えが必要になるって言ってたし、ふんぎりがついて逆によかったのかもしれませんね」

「よかったって、そんなわけ……」

脩は自分の耳を疑ってしまう。

この状況にあって平然としていられる人などいるわけがない。空元気なのだ。こんなときまで笑顔でいようと努める鉄平に、脩の胸がひどく苦しくなる。

「こんなことでもなかったら、今のちどり荘にぐずぐず未練たれてただろうから」

「中谷君」

「幸い、怪我人も出てないし」

「もういいから」

「解体する手間がちょこっとだけ省けたっていうか」

「――鉄平！」

脩の呼びかけに、鉄平がぴたりと口を閉ざす。

自分でも無意識に、自然と鉄平の名前を呼んでいた。無理に明るく振る舞う鉄平が、痛々しくて見ていられなかったからだろうか。

鉄平はようやく、ちどり荘から脩へと視線を移した。

下の名前を呼ばれたことに虚《きょ》を衝《つ》かれたのか、その表情からはうわべだけの笑顔はすっかりなくなっていた。ただぼんやりと、脩を見つめている。

度重なる不運や不幸を、鉄平はその度にこうして乗り切ってきたのだろうか。いつもの笑顔で、こんなことはなんでもないと自分に言い聞かせて。そして今は、こんな大きな悲しみにまで蓋《ふた》をして心の奥底に押しこめようとしている。

思わず、脩は鉄平に手を伸ばした。

そしてぎゅっと、その手をきつく握りしめる。

「無理するな」

鉄平は何度かしばたたき、それから顔をくしゃくしゃに歪める。そのまま、力なくその場にしゃがみこんでしまった。

さすがに、と掠れるような鉄平の声が聞こえる。

「……さすがに、これはへこむ……」

蹲《うずくま》ったまま、鉄平は空いた方の手で目の前のビニールシートに触れた。カサリと、乾いた音が黄昏《たそがれ》に響く。

そんな鉄平がやけに小さく見えて、このまま夕陽に溶けて消えてしまうのではないかと無性に怖くなった。そんなことはありえないと、もちろんわかっている。それでも鉄平がどこにも行かないように、消えてしまわないように、繋いだその手に力を込めた。

「……しばらく俺の家に来るか？」

口を突いて、そんな言葉が零れ落ちた。

「え？」

鉄平が驚いたように脩の顔を振り仰ぐ。

一体なにを言ってしまったのだろうかと、脩も自分自身の発言に戸惑いを覚える。しかし、不思議と腹は据わっていた。こうすることが最善で、そして自然なことなのだと考えている自分がたしかにいるのだ。

こちらを見上げる鉄平に視線を落とし、脩はかすかに苦笑を浮かべる。

「そんなに広い家じゃないし、寝る場所はソファか床になっちゃうけど。それでもよければな」

「……本当に？」

鉄平の目元が、じわりと赤く染まっていく。そのまま雫が膨れあがり、頬を伝って涙が一粒零れ落ちた。涙は地面に吸いこまれ、丸い模様だけが残る。

ぽたぽたと、地面にふぞろいの円が増えていく。

「どうしよう、脩さん。……すげー嬉しい。こんなときなのに、嬉しいなんて。俺、サイテーだ」

鉄平は小さく鼻を啜り、目元の涙を手の甲で拭った。

自分の家に鉄平を迎え入れるべきではないと、脩も頭ではちゃんとわかっている。鉄平は自分に好意を抱いているのだ。その鉄平と一緒に生活するという意味が理解できない脩ではない。

しかしそれでも、鉄平にはいつものように明るく笑ってほしいと思った。その気持ちはどうしようもなく本物だ。

この気持ちはきっと恋ではないし、そうであっては困る。脩は二度と、誰にも恋をしないと決めているのだから。それなのに中途半端な憐情《れんじょう》でこんな提案をする自分の方こそ最低なのかもしれない。

「……最低でもいいんじゃないか。人間なんて、誰だってそんなもんだ」

「ありがとう。……ありがと、脩さん。……大好きです」

脩のてのひらに、鉄平が縋《すが》るように額を押しつけた。その手を握る鉄平の指が、きつく、きつく食いこんでいく。

生きていく中で皆が忘れていくような純粋さが、鉄平には傷ひとつない形で残っている気がする。まっすぐでとても温かい、柔らかな光。

その光が曇らないでほしいと願う、この気持ちはなんだろう。

脩もそっと、鉄平の手を握り返した。

3

目覚ましのベルが、けたたましく鳴り響く。

もう朝なのかと、脩は目を閉じたままで枕元に手を這わせた。今日は水曜日。当然仕事がある。べつだん朝は苦手ではないけれど、昨日は仕事が立てこんでいて家に帰り着いたのは深夜だった。さすがに寝たりない。

なんとか指先で携帯を探り当て、感触だけを頼りにアラームを止める。あと少し。あと五分だけなら大丈夫。まだ覚めきらない頭でそう考え、脩はうとうとと自分を包む温もりに寄りすがった。朝のベッドの中は、きっと天国よりも甘美《かんび》で至福に満ちた空間だ。

しかしふと、脩はある異変に気づいた。柔らかなはずの毛布がやけに硬く、その上自分を抱きしめてきたのだ。

さすがに違和を感じ、脩はぱちりと目を開ける。

「おはようございます、脩さん」

いきなり耳元でそう囁《ささや》かれ、くすぐったさに全身が粟立った。

鉄平の声だ。頭が一気に覚醒する。

「鉄平……！」

自分を抱きしめる腕にさらに力を込めようとする鉄平を、脩は容赦なくベッドから蹴り落とした。当たり所がよかったようで、鉄平の体が勢いよく床に転がり落ちる。

「いってぇ！」

がばりとベッドから上体を起こして鉄平を睨みつけると、膝からつま先までがベッドに乗った状態で床に仰向けになっていた。どうやら頭を打ち付けたようだ。鉄平は涙目で後頭部を押さえている。

脩はベッドの上から鉄平をギロリと睥睨《へいげい》した。

「毎朝、毎朝！　勝手に人のベッドに入りこみやがって。つーか、こっちの部屋には入るなって、何度言ったらわかるんだ？　お前にも居間にちゃんと布団出してるだろ」

鉄平は涙目のままでへらりと笑う。

「いや、目覚ましが鳴ってたから、起こしにきただけなんですよ。だけど、脩さんの寝顔を見たら、我慢できなくなっちゃって。つい」

なにがつい、だ。まったく理由にならない鉄平の言い分に、脩は苛々とこめかみを指先で押さえる。

「そーか、我慢できないのか。それならしかたないよな。……今すぐうちから出て行け」

「あ、嘘です。ごめんなさい、我慢できます。もうしません！」

床にひっくり返ったままの体勢で、鉄平は調子よく脩に向かって両手を合わせた。

——鉄平と暮らし始めて二週間。

一緒に生活するようになってからというもの、ふたりは毎朝この会話を繰り返している。ちどり荘で見せた涙など嘘のように、鉄平はいつも上機嫌だ。とはいえ、鉄平の不機嫌な姿など見たことがないので、これが平常なのだろう。

あのときは鉄平に笑ってほしいとたしかに感じていた。しかしこうも飽きずに過剰なスキンシップを図られ続けては、腹を立てるなという方が無理な話だ。

キッチンに立てば後ろから抱きしめられ、家を出るときにはキスをねだられ、風呂に入れば背中を流しますと声をかけられる。もちろん、そのすべてを絶対零度の視線や声では ね除《の》けてはいるのだが、鉄平はまったく学習しない。めげない。諦めない。まるで駄犬《だけん》をしつけている気分だ。

もともと好きだなんだと愛情表現を惜しまない鉄平ではあった。しかし生活を共にしだしてからは、明らかに行為がエスカレートしている。

(やっぱり、はやまったかな……)

仰向けに転がったままの駄犬を見下ろし、脩は深く嘆息を漏らす。

脩の家はマンションの七階にある。居住空間は、脩が寝室に使用している洋室と、ダイニングキッチン付きのやや広めのリビング。しかしふた部屋あるとはいえ、成人男性がふたりで生活するとなるとさすがに手狭に感じられた。

プライベートな空間を重視する脩は、寝室には立ち入らないようにと鉄平に何度も伝えている。けれど鉄平は今朝のように、寝室どころかベッドの中まで平然と入りこんできた。幼いころから様々な人と共同生活をしていたためか、他人との壁が非常に薄いようだ。もともとの人懐っこい性格もあるのだろうが。

「じゃあ脩さんも起きたことだし、朝飯にしましょうか」

ついさっき怒られたことなどもう頭の隅にもないようで、鉄平はにこにこと脩を見上げた。ひょいと体を起こすと、足取りも軽くリビングに戻っていく。

朝からの騒動で、すっかり目が覚めた。軽く伸びをして、脩もベッドを下りる。

扉を開けて居間に入ると、コーヒーのほろ苦い香りが部屋に広がっていた。居間はすでに温かな空気に包まれていて、なんだかほっと心が和《なご》む。

「トースト、もうチンしちゃっていいですか？」

「ああ。わるいな」

朝の用意を鉄平に任せ、脩は顔を洗うため洗面所に向かった。

脩は仕事で、鉄平もバイトや学校で、ふたりの帰宅時間はどうしても不規則になりがちだ。脩はそれでも構わないのだが、鉄平はせめて朝だけでも一緒の時間を過ごしたいからと朝食の用意を買って出ていた。そのため、これまで朝はコーヒーだけで済ませていた脩も今は欠かさず朝食をとっている。

初めはあまり気乗りしなかったが、今では目覚めると同時に空腹を感じるようになっていた。たった二週間で、人の体はずいぶん変わるものだ。

それにしても、一緒に暮らしはじめてわかったことだが、鉄平の生活は多忙を極めていた。鉄平は生活費をすべて自分で賄《まかな》っているらしく、こんなに働いて大丈夫なのかと心配になるほどギリギリまでアルバイトを詰めているのだ。正直、医学生といえば金持ちの子女でサークル活動に勤《いそ》しんでいるものだという偏見を持っていたが、鉄平はその真逆を地でいっていた。

工事現場の誘導員に、泊まりこみのリゾートアルバイト、披露宴の配膳スタッフに、さらには衛生車の洗浄や事故現場の始末の手伝いまで。手当たり次第に高給のアルバイトをしているようだ。まさに絵に描いた勤労学生である。引き締まった体つきはスポーツではなく勤労で鍛え上げられたもののようだ。

医学生といってもまだ三年生なので、授業はそれほど忙しくないらしい。また、学費は今のところ奨学金を受けているということだ。けれど成績次第では受給できなくなるからと、アルバイトの後に明け方近くまでリビングで勉強している姿をよく見かけた。こんな生活でよく体が保つものだと端から見ている脩は気が気ではない。

そしてそれだけ働いても、鉄平の生活が苦しいことに変わりはないようだった。学年が進めば実習で忙しくなり働けなくなるからと、収入の大半を貯蓄に回しているからだ。ちどりが残したお金は、建て替えのために手を付けたくないらしい。

それにしても、こんなせわしない生活の中、脩に会うために事務所まで足繁く通っていたというのだから驚きを通り越して呆れてしまう。それほど脩のことが好きだからだと言ってしまえばそれまでだが、脩にはどうしても納得がいかなかった。

ブラシに歯磨き粉をつけながら、脩は鏡に映る自分の顔をぼんやりと眺める。

そこには、あいかわらず冴えない自分の顔があった。

細くて上がり気味の一重の瞳は起き抜けということを差し引いても無愛想《ぶあいそう》だし、全体的に薄ぼんやりとしている。どうひいき目に見ても、誰かの目を惹くような特別な容姿には見えなかった。

（この顔のどこに一目惚れを……）

鉄平の愛情表現が激しくなるにつれ、脩の中でその疑問は大きくなる一方だ。丁寧《ていねい》に歯を磨きながら、脩は眉間に皺をよせる。

ふと、運命だと言っていた早月の言葉を思い出した。ふたりは惹かれ合う運命なのだと、根拠のない自信に満ちあふれていた早月の発言を。

なにが運命だ。脩は歯ブラシを持つ手の速度を上げる。

明太子？　マヨネーズ？　ばかばかしいにも程がある。

手の動きに合わせてミントの清涼感が口中をいっぱいに埋めつくしていく。勢いよく泡が膨れあがり、口の端から垂れそうになった。慌てて口をゆすぎ、ほっと息を吐く。

朝の身支度を終えて脩がリビングに戻ると、ちょうど朝食ができたところのようだった。テーブルの上には、焼き上がったばかりのピザトーストが並んでいる。トーストにはピーマンやコーンといった色とりどりの具材と、あつあつのチーズがたっぷり乗っかっていた。ほどよくついた焦げ目が、さらに食欲をそそる。

「おー、うまそう」

ダイニングチェアに腰を下ろし、脩はテレビのスイッチをつけた。

ちょうど、毎朝観ているニュース番組が映し出される。拘《こだわ》りがあるわけではないけれど、実家に住んでいたころからの日課だ。

「足りなかったら言ってくださいね。もう一枚作っちゃいますから」

インスタントのスープをかきまぜながら、鉄平がそう勧めてくる。男所帯のお手軽料理だが、食事の準備からなにから、まさに至れり尽くせりだ。

「ていうか、お前も忙しいんだから、朝くらいゆっくりすればいいのに」

「そんなの嫌ですよ。だって、もったいないじゃないですか」

なにがもったいないのかはわからないが、鉄平はじっとしていられない性分のようだ。それにこうしたひとつひとつの行動を、いつだって心底楽しそうに行っていた。

鉄平が席に着くのを待ち、脩もふたり分のカップにコーヒーを注ぐ。

「「いただきます」」

いただきますのタイミングがぴったり同じで、思わず顔を見合わせて笑ってしまった。

一緒に暮らしてわかったことだが、鉄平とはこういう些細なフィーリングが合うことが多い。テレビの音をBGMに、穏やかな朝の時間が流れる。雨上がりの空のような優しい空気が部屋を包みこむ。

自分に正直で押しが強いところもあるが、鉄平は意外とこちらの様子をちゃんと見ている。脩がひとりになりたいと思えば無理に近づこうとはしないし、話しかけもせずにレポートなどを黙々とこなしていた。それはこちらの機嫌を窺っての行動というよりも、本能的なもののようだ。周囲が過ごしやすい雰囲気を、気負わずにつくることができるのだろう。

朝ベッドに潜りこまれたりと過剰なスキンシップに辟易《へきえき》しつつも、鉄平との生活を受け入れられたのはそのためかもしれない。性格的な相性は、けっして悪くないのだ。

そうだ、と鉄平が声を上げた。

「そういえば、苺《いちご》があるんです。隣の高橋《たかはし》さんにもらったんですけど、食べませんか?」

鉄平はそう言うと、冷蔵庫に向かい大粒の苺を取り出す。適当に洗って皿に盛りつけテーブルに戻ると、どうぞ、と食卓に並べた。

「隣って、うちのお隣さん?」

脩の部屋は角にあるので、左隣にしか部屋はない。その左隣の隣人といえば、ひどく気むずかしそうな妙齢の女性だ。なんとなく近寄りがたい雰囲気があり、このマンションに住んで四年近く経つが、脩は挨拶程度しか交わしたことがなかった。

「昨日、廊下で偶然顔を合わせたんです。実家から大量に送ってきたけど、こんなには食べられないからって。なんかいっぱいもらっちゃいました」

人好きのする性格の鉄平ではあるけれど、予想以上にすぐに人と打ち解けられるようだ。他人との距離など、あってないようなものなのだろう。つまらない垣根なんてわけなく飛び越えられる、一種の才能かもしれない。

「今度、俺もお礼言っとくよ」

感心しながら、脩は苺にかぶりつく。

苺は信じられないほど甘く、舌の上でやわらかく蕩《とろ》けた。程よい冷たさと小さな粒のプツプツと弾けるような食感もたまらない。鉄平の人当たりのよさに心から感謝した。

あまりの美味《おい》しさにふたりして次々手が伸び、あっという間に完食してしまった。夢見心地でコーヒーを口に含むと、苺の甘さが舌に残っていてその苦みが際立った。

脩はすぐにカップから口を離す。

「にっが……」

脩が思わず顔をしかめると、同じように渋面をつくる鉄平に気づいた。ふと目が合い、またふたりして笑ってしまう。

「ありがとな、鉄平。苺、ほんとに美味《うま》かった」

「いえ。こっちこそ、ありがとうございます」

苺の礼に対し、なぜか鉄平にも礼を返される。脩は特になにもしてはいないはずだ。なんのことだと首を傾げる。

それ、と鉄平が脩の手元を指した。

「使ってくれてるんですね、それ」

脩の手元にはコーヒーの入ったマグカップが収まっていた。鉄平が以前お土産にくれたマグカップだ。

持ち手が取れてはいるが、切り口がツルツルしているので危なくない。それに厚めの素地《きじ》と大きなサイズがちょうどよく、無意識に手に取ることが多かった。

「捨てるのもったいないし。……たまたま、手に取りやすい位置にあっただけだ」

嬉しそうな鉄平の様子が妙にくすぐったくて、ついそんなふうに答えてしまう。我ながら愛《あい》想《そ》のない返事だ。

「たまたまでも嬉しいです。今度どこかに行ったら、またお土産買ってきますね」

「いらねえよ。貧乏学生が気なんか遣うな」

脩は重ねてつっけんどんな口調でそう答える。

ひどい言われようなのに、鉄平は大きな瞳を愛しげに細め、顔をくしゃくしゃにして笑っている。

「俺がプレゼントしたいから買ってくるだけですよ。俺のことを気にしてくれるなんて、脩さんは優しいですね。それにかわいいし、ほんともう最高です」

「……寝言は寝て言え」

なにか重篤《じゅうとく》な目の病気にかかっているのではないのか。

そう突っこみたいのに、心臓がどくどくと高鳴ってうまく言葉にならなかった。そもそも、いい年をした男がかわいいなんて言われて嬉しいはずもない。けれど鉄平の笑顔に胸が激しく波打ち、そわそわと落ち着かない気分になってしまう。

最近、こういうことが多くて困る。鉄平のふとした仕草や言葉に、心が勝手に過剰な反応を示すのだ。

先日など、居間でうたた寝している鉄平の頭に、脩は無意識に手を伸ばしそうになっていた。自分でも驚いて、慌てて寝室に逃げ帰ってしまったほどだ。

自分で自分を制御できないこの感覚。これによく似た感情に心当たりがないわけではない。初めは煩《わずら》わしいだけだった鉄平の好意だが、今はそうだとは言い切れなかった。鉄平が示す愛情を、最近ではたしかに面映《おもは》ゆく感じているのだ。

鉄平の涙を見た日から、いや、もしかしたらそれよりもずっと前から、鉄平という存在が少しずつ脩の心に根を下ろしはじめていたのかもしれない――。

脩はハッとして、慌ててその考えを打ち消す。

恋心は、大抵こうした思いこみから始まる。考えたら負けだ。誰かを好きになることの残酷さを、自分は誰よりも知っているはずではないか。

脩はよけいな思考を振り切るように、手にしたカップに口をつけた。そしてまだ温かいコーヒーを一気に喉の奥へと流しこむ。苺の甘みとコーヒーの苦み。相反するふたつの味。なんだか、この胸に潜む感情によく似ている。

それからそんな自分をごまかすように、そんなことよりと鉄平に向き直った。

「ちどり荘、どうするか決めたのか？」

ちどり荘という言葉に、一瞬鉄平の反応が鈍くなる。

あの事故から二週間が経つけれど、まだ鉄平の心は決まらないようだった。本人はそうとは言わないが、こうなった今も、元のちどり荘を残したいという想いを諦めきれないのだろう。

しかし鉄平は、すぐにのんびりと笑顔を浮かべた。

「どうしましょうね？　脩さんとずっと一緒にいたいから、今のままにしとこうかな、なんて」

鉄平のくだらない冗談を、脩は眉を曇らせるだけで受け流す。

そっとカップを置き、脩は諭《さと》すような声を出した。

「そろそろ方針だけでも決めないと、時間が無駄に過ぎていくだけだ。以前のように一軒家をシェアする形にするのか、いっそわかりやすくアパートにするのか。……気の毒だとは思うけど、建物がああなった今、改築で済ませるのはもう無理だ」

わかってます、と鉄平がふいに真顔に戻った。

「壊れた後にも検査してくれて、一から建て直すしかないって言ってましたもんね」

トラックが突っこんだ後、脩は改めてちどり荘の調査を行った。

見た目には建物の一部が破損しただけの状態だが、元々古い上に衝突した場所が悪かったようだ。柱や基礎にははっきりと歪みが出ていた。今すぐ倒壊する恐れはないけれど、もはや建て替えしか道はない。

とても人が住める状態ではなくなり、鉄平も居住者たちの転居の補償など、さまざまな対応に追われていたようだ。居住者は二十代の男性がふたり。ふたりというと少ないようだが、それでも突発的な出費で相当な痛手《いたで》に違いなかった。

なかなか落ち着かない状況のなか、鉄平がすぐに次のことを考えられないのも無理はない。近隣のことを考えるといつまでも放ってはおけないけれど、それでも少しくらいの猶予《ゆうよ》は許されるだろう。

「まあ、あれからバタバタしてたもんな。もうちょっとなら待ってやるよ」

脩はそう言い、空になった鉄平のカップにコーヒーを注ぎ足した。

「ありがとうございます。……脩さんがいてくれて本当によかった」

かすかに頬を染め、鉄平はカップを受け取る。

そんな鉄平から、脩は仏頂面で目を逸らした。

（ほんっと、調子狂う……）

どうにも照れくさくて、脩はそのままテレビの画面に視線を向ける。

ニュースでは本日の占い結果が流れていた。最下位だという牡羊座のマスコットキャラクターが、テレビ画面の中で泣き真似をしている。

「……げー。俺、最下位だ」

がっくりと嘆息をつく鉄平に、脩はつい笑ってしまった。


食事を終えて鉄平を見送り、十五分ほどしてから脩も準備を始める。

スーツに袖を通し、最低限の荷物が入った鞄《かばん》を摑んで家を出た。電車の時間だ。職場までのいつもの道をその足で辿る。

毎朝食事をとっているからか、最近、心なしか体調がいい気がする。なにひとつ変わらないはずの街並みが、なんだかキラキラと輝いて見えた。

決まった交差点ですれ違う女子高生の集団や、決まった煙草屋でしょっちゅうカートン買いしているサラリーマン。皆が晴々しく幸せそうに脩の目に映る。家から駅までの緩やかな上り坂もふた駅分の通勤ラッシュも、以前ほど苦ではない。

オフィスビルが建ち並ぶ大きな通りに、脩の事務所が入ったビルはある。けやき並木を抜けてビルに入り、エレベーターに乗って二階へ。二階の廊下に出て右奥に進むと、そこが脩の職場だ。

通勤路と同じく、いつもと変わらないはずの事務所。

しかし脩がその扉を開けた途端、真っ赤な薔薇《ばら》の花束で視界が埋めつくされた。

「おはようございます……、って、え？　え？」

脩が驚いて後ずさるのと同時に、突然何者かに花束ごと抱きしめられた。爽やかなシトラスと薔薇の芳香に包まれ、脩はその場で固まってしまう。

そうこうしているうちに、腰に手を回されて右手を取られ、タンゴのようにくるっと体を回転させられた。そして上半身が反り返った状態で、腰と手を支えられてぴたりと止められる。

瞬きすら忘れて、脩は自分を抱きしめる男の顔を見上げた。

いきなりこんな不可解な行動をとる人間は、脩が知る限りこの世にひとりしかいない。

「所長！」

互いの鼻がつきそうなほどの至近距離で、所長、もとい久我《くが》怜一《れいいち》は艶然《えんぜん》と微笑んだ。

普段いっさい事務所に姿を見せないフィロソフィア・アーキテクツの所長。それがこの怜一なのである。

怜一がかすかに動くと、少し癖のある柔らかな髪の毛がさらりと流れた。下がり気味の切れ長な瞳と、右目の下にある泣きぼくろが妙に色っぽい。ギリシャ彫刻のような彫りの深い美貌やベロアジャケットの胸ポケットから覗くスカーフがどこぞの国の貴族のようだ。

年齢は三十代前半のはずだが、外見は脩と同じくらいに見えた。はっきりいって年齢不詳である。早月もそうだが、この事務所は風変わりな人ばかりなのだ。

「所長じゃないだろう？　怜一と呼ぶようにって、もう何度も言っているはずだよ」

「そ、そうでしたね。すみません、怜一さん」

脩が呼び直すと、怜一は満足そうにうなずいた。

「さんはいらないけど、まあいいさ。久しぶりだね、脩」

今まで脩の手を取っていた指先で顎をくいっと上げられ、そのまま頬にキスをされた。なにからなにまで歯が浮きそうだ。そんな怜一の行動に、脩は口の端を引きつらせる。

「だめだよ、動かないで。久しぶりなんだ、その顔をよく見せて？　……ああ、なんてかわいいんだ、脩！　二ヶ月ぶりに見る脩もとても素晴らしい。まるで下ろしたての水色の色鉛筆で一筆《ひとふで》描《が》きしたような気取りのない美しさだ」

「それって、すごく地味ってことじゃ……」

ノ！　と怜一は人差し指を左右に振る。

「わかってないなぁ、脩は。いいかい、日本人形をよく思い出してごらん？　あれこそ日本の美だ。地味でありながら優美。君の顔にも、そんな我が国の文化を思わせる美しさがあるんだよ」

「今、はっきり地味って言いましたよね。ていうか、日本人形って……」

日本人形というと、脩はどうしても髪の毛の伸びるそれを思い浮かべてしまう。

自分の顔はあんなのだろうか。秀《ひい》でた容姿であるとは思っていなかったけれど、それでももう少し普通の顔だと思っていた。さすがにショックだ。

すっかり動揺している脩に、早月がにっこりと微笑んでみせた。

「大丈夫よ、脩君。脩君のお顔は日本人形よりもずっとさっぱりしてるし、もうちょっと今風だから。たぶん、怜一は地味萌えってことを言いたいだけだと思うわ」

どちらにしろ地味なのではないか。しかも、萌えってなんなのだ。脩が仏頂面で怜一の胸を押し返すと、ようやくその体を解放してくれた。

体勢を立て直し、脩はふぅっと肩を落とす。

「べつになんでもいいですけどね。そんなことより、なんで怜一さんがここにいるんですか。今度のヨーロッパ滞在は長くなるって言ってたのに」

怜一は学生時代から国際コンペティションで受賞したりと、才能豊かで前途洋々たる建築家だった。大学在学中にこの事務所を立ち上げてからというもの、若く経験も少ないうちから大きなプロジェクトにも参加している時の人だったのだ。

脩がこの事務所に入所したのは、早月の誘いもあったけれど怜一のデザインに強く惹かれたという理由が大きかった。しかし、今の怜一が図面を引くことはもうない。

その理由は、怜一のある性格的な問題が原因だ。

怜一は常に変化するものを愛していて、ひとところにその心を留めることができない。端的にいえば、飽きやすいのである。

このフィロソフィア・アーキテクツを立ち上げて軌道に乗せたはいいが、怜一の興味は数年としないうちに建築から離れてしまった。ヴァイオリンや陶芸など、怜一の関心は次々と変遷していき、現在は絵画に夢中になっているようだ。最近はイタリアを拠点として、絵筆片手にヨーロッパを旅して回っている。

そしてそんな浮き草のような生活が成り立つのは、怜一の実家が資産家だからに他ならない。潤沢《じゅんたく》な資金を元手に、ほとんど道楽のような仕事を立ち上げてはすぐべつの事業に手を出したりとやりたい放題だった。

しかもそのほとんどの事業が順調に展開していくのだからすごい。変わり者で常人《じょうじん》離れした思考回路を持っている怜一だが、ビジネスにおいても鋭い才覚を持っているようだ。

そしてそんな怜一が長く執心《しゅうしん》している相手。それが他ならぬ脩だった。

とはいえその執心のきっかけというのも、例のごとくあげシリではあるのだが。

変わったものが好きな怜一は、脩があげシリという不思議な力を持っていると知るやいなや、幸運の女神だと言って口説いてくるようになったのだ。どうやら、怜一にとっては性別などは些末な問題らしい。

あげシリで散々嫌な思いをしてきた脩は、怜一の求愛にも辟易するばかりだった。しかし気《き》障《ざ》で浮き世離れした怜一だからか、その言動には不思議と嫌みがなかった。それはおそらく、怜一が本気で脩のことを好きではないからだろう。普通なら耳障《ざわ》りでしかない言葉も、なんだか観劇している舞台の台詞《せりふ》のようで、まるで現実味がないのだ。

「恋のライバル登場と聞いて、急いでイタリアから帰ってきたんだ」

「ライバル?」

しかし怜一の口から飛び出た言葉に、脩は眉をひそめた。

怜一の体に隠れるようにして、小さく手を振っている早月の姿が目に入る。

「早月さん、もしかして……」

「ごめんねぇ。私が電話しちゃったんだ」

早月は親指と小指を立てて、リンリンとジェスチャーをしてみせた。

「だって、まさか脩君が鉄平君と同棲を始めるなんて思わなかったじゃない? だからさ、誰かに話したくて我慢できなかったの! それにほら、なにも知らないうちに失恋なんてことになったら、怜一もかわいそうだしさ?」

君は天使だと、怜一は早月の髪に軽くキスをした。

「だけど、心配は無用だよ、早月。僕はなにごとにも障害がある方が燃えるタイプなんだ」

「さっすが怜一。大人の余裕ね」

ふたりのふざけたやりとりに、脩はつい声を荒げてしまう。

「同棲じゃなくて、落ち着くまで部屋を貸してるだけです！」

「ふぅん？　でも、鉄平君はそう思ってないんじゃないの？」

早月の冷ややかな切り返しに、脩は思わず言葉を詰まらせる。怜一は悠然と微笑むと、脩に視線を向けた。

「なんにしても、恋愛嫌いの脩に同棲を許容させるほどのライバルだなんて、腕が鳴るじゃないか。一体どんなシニョーレなんだろうね。今から会えるのが楽しみだよ」

鉄平のどこがシニョーレだ。無意識に脩の眉がぴくりと跳ねる。

今だって、シニョーレ・テッペイはあいかわらず不運三昧《ざんまい》だ。紳士というには体中に生傷が絶えないし、先日も一緒に店で食事をしていたら店員に頭から醤油《しょうゆ》をかけられていた。しかも半泣きになった店員が雑巾とおぼしき布でその顔を必死に拭いていた。すぐ傍で見ていた脩はなんのコントかと唖然としてしまったほどだ。

とはいえ、それを笑って済ませるのだから、ある意味鉄平は紳士なのかもしれない。

「どうして会う気まんまんなんですか。やめてくださいよ、よけいややこしくなる」

絶対だめですと詰めよる脩に、怜一はふっと前髪を掻き上げる。

「堅いことは言いっこなしだよ。第一、そのシニョーレは我がフィロソフィア・アーキテクツのお客様だというじゃないか。所長の僕がご挨拶をするのは道理というものだろう？」

「いつもフラフラして所在の摑めない所長のお言葉とは思えませんが」

脩はじとついた目線を送るが、怜一にとってはどこ吹く風だ。爽やかに唇の端を上げると、そうそう、と手にしている薔薇の花束を脩に差し出した。

「この花束は脩にプレゼントだよ」

「えっ……、いや、いいです。いりません。結構です」

百本はありそうなその量に、脩はぶんぶんと首を左右に振る。こんなに受け取っても家には飾る場所などないし、鉄平もなにごとかと訝しむかもしれない。そうなっては面倒だ。

「まったく、脩は奥ゆかしいね。遠慮なんてしないで？　さあ」

遠慮などではなく本気でいらないのだが。

しかし怜一を納得させる手間を考えると、素直にもらっておいた方が得策に思えた。怜一の思考回路は脩には謎すぎて、まともに会話を成り立たせられる自信がないのだ。

満足げに微笑む怜一にしかたなく花束を受け取ると、ずっしりと腕が沈んだ。これを持って帰りの電車に乗ることを考えると、一気に気が重くなる。

「ありがとうございます……。だけど、あの、こんなにたくさん……」

正直困りますと、脩は遠回しに態度で伝える。しかし怜一からは、キラキラという効果音つきのウインクが飛んできた。

「お礼なんていいんだよ」

見えない防弾ガラスにはね返されて、脩の気持ちは届かなかった。


「どうしたんですか、その薔薇」

帰宅したばかりの鉄平にそう問われ、脩はぎくりとたじろいだ。

時間はぴったり夜の九時。今日は工事現場で誘導員のアルバイトがあると、鉄平が朝出かける間際にそう話していたことを思い出す。今夜は脩の方が帰りが早かった。調子よく仕事が進み、珍しく定時過ぎに事務所を出ることができたのだ。

脩が家に着いてまず行ったことは、水を張ったバケツに大量の薔薇を突っこむという作業だった。きれいに飾ろうにもこの本数すべてを生けられる器がなく、それは早々に諦めた。けれどそれきりすることがなくて、それからはソファで半年も前に購入した雑誌を適当に捲《めく》っていた。鉄平と過ごすことに慣れてしまったせいか、このところひとりで過ごす時間を持てあましがちだ。

ダイニングテーブルを占領する薔薇の塊を、鉄平は首を捻りつつ凝視している。今までこの家に花を飾ることなどなかった上に、この本数だ。驚くのも当然だろう。

「すごい数ですね。買ってきたんですか？」

「いや、職場の人にもらった」

膝の上に広げた雑誌に視線を落とし、脩はできるだけ抑揚《よくよう》のない口調で答える。

「職場の人って、早月さんじゃなくて、……所長に」

「いや、早月さんに？」

鉄平の質問に、つい途中で言葉が詰まってしまった。

なにを隠す必要もないのだが、怜一にもらったという事実がなんとなく気まずいのだ。所長という言葉の前に、ほんの一瞬の間が空いてしまう。

「所長？」

鉄平が薔薇から脩へと視線を移した。

「脩さんの事務所って、所長さんが他にいたんですね。いつ行ってもふたりだから、てっきり脩さんと早月さんだけかと思ってました」

「まあ、いてもいないようなもんだけどな」

「え？」

「……なんでもない」

脩が溜息まじりにそう呟くと、鉄平が不思議そうに首を傾げた。

しかしこれ以上話を長引かせたくなくて、脩はもう一度なんでもないと首を横に振った。そして誌面に目線を落とし、それきり口を閉ざす。

すでに読み古した雑誌だからか、それとも妙に落ち着かない気分のせいなのか、文字の上をつるつると目が滑って内容がまったく頭に入ってこなかった。

そんな脩の心持ちが伝わったのか、鉄平は納得のいかない様子で腕を組んだ。

「でもなんで所長さんがわざわざ薔薇を？　しかも真っ赤な薔薇を会社の部下にって、ちょっと変わってませんか？　第一、職場の人にこんなに多くの花をあげるものでしょうか」

容赦なく質問を重ねる鉄平に、脩は内心で舌打ちする。

とはいえ、鉄平の疑問はもっともだった。そしてもっともだからこそ、脩はなにも答えられなくなってしまう。適当にはぐらかしたいが、脩の中に居座って動かない後ろめたさがそれを許さないのだ。

それにしても、今夜の鉄平はやけに食い下がる。いつもは鷹揚《おうよう》としているくせに、今日に限って執拗《しつよう》に追及して逃げ場を塞ぐのはなぜだろう。

けれど考えてみれば、脩と鉄平とは恋人でもなんでもない。住む場所をなくした鉄平に、あくまでも寝場所を提供しているだけだ。しかも、脩は出会ったころからずっと、鉄平とは付き合えないと明言し続けていた。そう考えると、いくら上辺《うわべ》だけとはいえ自分を好きだという怜一から花束をもらおうと、そしてその花を部屋に飾ろうとも、なにも問題はないはずだ。

しかしそう思いこもうとしても、やはり胸を塞ぐ靄《もや》は晴れなかった。こんな状況になるならば、そもそも薔薇を受け取るべきではなかっただろうか。今さらそう思ったところで後の祭りだけれど。

いい返答が見つからず、脩はこの場をごまかすように誌面を目で追い続けた。理由のわからないわだかまりを抱えたまま、とりあえずページを捲る。

そのまま黙りこんでいると、いきなり鉄平に雑誌を奪い取られた。

「なにすんだ、返せよ」

脩がそう抗議すると、鉄平は険しい表情で隣に腰を下ろした。取り上げた雑誌をぱたりと閉じ、上体を傾げて脩の顔を覗きこんでくる。

その真剣な表情に、脩の心がますます落ち着きを失ってざわめきはじめる。

「脩さん、今夜はなんか変ですね。いつもと違う匂いがする」

「匂いって、……犬かよ」

「俺、嘘ついてる人は匂いでわかるんですよ。脩さん、なにか隠してるでしょう？」

鉄平はそう言うと、真顔でくんくんと匂いを嗅《か》ぐ素振りを見せた。

さすがに冗談なのだろうが、鉄平ならば本当にできそうだから不思議だ。そんな鉄平の行動に、脩は声を上げて笑い返す。

「それ、すごいな。医者はやめて、将来は警察犬にでもなった方がいいんじゃないか？」

しかし脩の笑い声はあまりにしらじらしく、行き場をなくして宙ぶらりんになってしまった。気まずい沈黙だけがふたりの間に残る。

はぐらかすことなど許さないというように、鉄平がさらに表情を曇らせた。

「……脩さん？」

その大きな瞳で、じっと脩の双眸を捉える。心まで射貫《いぬ》くような鉄平の眼差しに、脩は耐えきれずつい目を逸らしてしまった。

そして、微動だにできずぐっと息をのむ。

結局、先に音《ね》を上げたのは脩だった。

「……本当に、所長にもらったんだよ。しばらくヨーロッパに行ってたから、土産も兼ねてってことだろ？　年の半分以上はイタリアにいるし、ちょっと変わった人だから」

ニュアンスは若干違うかもしれないが、嘘ではない。

しかし、どうして鉄平相手にこんな言い訳めいたことを話す必要があるのだろうか。脩は内心でそう呟く。鉄平の質問なんて軽く流せばいいのに、それができない自分が不可解だった。だいたい、鉄平とこんな雰囲気になること自体おかしいのだ。

脩がちらりと視線を戻すと、鉄平は「わかりました」と表情を和らげた。そんな鉄平に、脩は知らずにふうっと深く息を吐く。

「おかしなこと訊いてすみませんでした」

鉄平は頭を下げ、すぐにソファから立ち上がった。

「風呂入ってきます。今日は実験もバイトもあったから、薬品と汗でかなり臭いでしょ？」

そう苦笑う鉄平を、脩はきょとんと見上げる。

鼻を近づけて鉄平のTシャツの匂いを嗅ぐと、ツンと刺激の強い異臭がした。汗はべつに気にならないが、薬品のアンモニア臭が鋭く鼻をつく。

「げっ」

思わず鼻を押さえて体を退くと、鉄平は愉快そうに目を細めた。

「俺はもう麻痺《まひ》っちゃっててわかんないんですけどね」

自分の衣服を嗅ぎながら、あっけらかんとそう笑う。先ほどまでの気まずい空気など、もう微塵も残ってはいなかった。後を引かない鉄平の態度に、心の底からほっとする。

浴室に向かうためリビングを抜け、鉄平がその扉に手をかけた。しかし廊下に出る間際、鉄平はなにかを思い出したように「そうだ」と脩の方を振り返った。

「そういえば、ただいまのキスしてませんでしたね」

そう言って、鉄平がへらりと笑う。

そういえばもなにも、キスなんて一度もしたことがないではないか。

「馬鹿じゃねえの」

キスの代わりに、手元のクッションを投げつけてやった。

4

五月のカレンダーを破り取ると、脩はちらりと事務所の奥を窺った。

部屋の最奥にあるデスクには、今日も怜一の姿がある。怜一が帰国してから約十日だ。これほど長く事務所に顔を出すなんて奇跡にも等しい。

しかしながら特に仕事をするわけでもなく、怜一はひたすらスケッチブックの上で筆を動かすだけだった。なにを描いているのかはわからないが、勤務中に同じ空間で遊ばれていては正直邪魔でしょうがない。なにも知らないクライアントからは建築のデッサンをしているように見えるだろうから、その点が救いではあるけれど。

ちなみに、早月は怜一の存在など少しも気にならないようで、毎日黙々と仕事をこなしていた。今は現場に出ていていないけれど、その集中力を分けてほしいと切に願う。

脩は今しがた剝がしたカレンダーをぐしゃぐしゃに丸め、やや離れた位置にあるゴミ箱に勢いをつけて投げ捨てた。

つい怜一の存在を気にかけてしまうが、脩だっていつまでも雑事に気をとられてばかりはいられない。パソコンのディスプレイに意識を向け、図面の世界に入りこんだ。

画面の中には、駅前にオープンを予定している飲食店の設計図が映し出されている。

仕事を選《え》り好んではいけないが、このクライアントはこちらの作風も理解してくれ、その上本人のイメージもはっきりしているので設計していて純粋に楽しかった。ついつい、マウスを握る手にも力が入る。

「ねえ、脩」

ふいに声をかけられ、脩は弾けるように顔を上げた。

気づくと、先ほどまで鼻歌まじりで絵を描いていたはずの怜一が背後に立っていた。図面に没頭していて、まったく気づかなかった。

「ここの窓さ」

そう言って、怜一が画面のある箇所を指す。どうやら、脩の設計図面で気になるところがあったようだ。

「今のままでも十分採光はとれてるけど、もう少し広げてみて。店舗の設計なら、こっちの方が開放感が出ていいんじゃないかな」

怜一の的確なアドバイスに、ぽろぽろと目から鱗《うろこ》が落ちる。

「たしかに……、ありがとうございます」

「どういたしまして？」

ほんの少し図面を見ただけで、よく即座にイメージができるものだ。もう何年も図面を引いていないはずなのに、この勘の鋭さは天性の才能なのだろう。

それだけに、脩はひどく惜しく感じた。

「怜一さんは、もう建築はしないんですか？」

学生時代、怜一の建築に強く憧れていた分、その気持ちがすっかり離れてしまったことに今さらながら寂しさを覚える。ついしんみりした口調になってしまった。

怜一はそんな寂しさを包みこむような、慈《いつく》しみ深い微笑みを脩に向ける。

「脩は、僕にまた設計してほしいの？」

「してくれるんですか！」

怜一の質問に、脩の口調にもつい熱が籠もる。瞬きも忘れてその顔を見つめていると、怜一の口が「い」と「や」の形に変化した。

あっさり期待を裏切られ、脩はがっくりと肩を落とす。

「……嫌って、子供ですか、あんたは」

「だって、建築には制約が多すぎるじゃないか。敷地だの、構造だの、設備だの……。僕はね、くだらない法律なんかに縛られず、この心にある風景をそのまま表現したいんだよ」

「建築基準法はくだらなくなんかありませんし、むしろ必要なものです。ていうか、設計事務所の所長がなにを言ってるんですか」

怜一に期待した自分が馬鹿だった。天才というのは総じて変わり者なのだ。脩のような凡人《ぼんじん》に心を動かされるはずもない。脩はすぐにパソコン画面に視線を戻す。

「だけど、そうだね。脩がかわいくおねだりしたら考えてもいいかな」

ふと、怜一がそんなことを呟いた。

なんのことだと、脩は訝しげにふたたび怜一に視線を向ける。

「かわいくおねだり？」

「そうだね。たとえば、脩が僕の肩に手を回して、『して？』って言ってみるとか。そこまでお願いされたら、いくら僕だって断れないよ」

『して？』の部分で、怜一は瞳を潤ませて小首を傾げてみせた。目の錯覚なのか、一瞬、怜一の姿が恋する大正女学生のそれと重なる。あほらしいと思いつつ、しかし怜一が新しく設計をするかもしれないという可能性に、心が激しく揺さぶられた。

そもそも、脩は怜一の建築に憧れてこの事務所に就職したのだ。一見すると奇抜で前衛的なデザインを得意とする怜一だが、それでいて周囲とも調和した美しい空間を生み出す。雑誌でその作品を見たときには、衝撃を受けてしばらく動けなかったほどだ。

しかし脩が勤めはじめたころには、すでに怜一の興味は移ろいつつあり、実際にその才能を目《ま》の当たりにすることはほぼなかった。それでも、いつか一緒に仕事をしてみたいという願いは、今も心の隅に息づいているのだ。

「……本当に、それでもう一度設計してくれるんですか？」

おや、と怜一は意外そうな表情を浮かべた。

「まあ、ずっととは言わないけどね。とりあえず、一件は約束するよ」

とりあえず一件。

脩の胃がきりりと痛む。たった一件のために、かわいくおねだりなんて内臓が引きちぎられそうな気分だ。早月ならばノリノリで口にできるだろうが、脩はそんな柄ではない。しかし、そうすることで少なくとも一度は怜一の建築に触れることができるかもしれないのだ。

脩はその場で腕組みをして真剣に考えこむ。

たかだか『して』の二文字程度、あっさり言ってのければよい。そもそも、設計『して』ください、という意味なのだ。なにを躊躇《ちゅうちょ》する必要があるだろう。

脩は決死の覚悟で立ち上がり、怜一の肩をがっしりと摑んだ。ふたりは必然的に密着した体勢になり、なんだか背中がむず痒《がゆ》くなってしまう。

怜一が楽しげに口の両端を上げた。

「一応言っておくけど、ちゃんとかわいくないとダメだからね。僕の求める水準はブルジュ・ハリファよりも高いよ？」

妙に注文が多いのは芸術家肌のせいだろうか。アラブの超高層ビルよりも高い水準となると、挑むだけ無謀な気もするけれど。

「ちょっと黙っててください、気が散りますから」

「おや、怒られてしまった」

脩は大きく深呼吸をして意識を集中させる。かわいく、かわいく、と考えているうちに目つきが鋭くなり、背の高い怜一を下から睨みつけているような状況になっていた。

「なんだか喧嘩を売られているみたいだねぇ」

怜一の軽口は無視して、脩はギギギと錆びついた鉄扉のような唇を開く。

「……し」

しかしすべてを口にする直前、どさっという鈍い音が事務所の入り口から聞こえてきた。

なにごとかと、ふたり同時に視線を向ける。

「鉄平！」

そこには真っ青な顔で呆然と立ち尽くす鉄平の姿があった。なぜ今現れるのかと、あまりの間の悪さに脩の背筋がさっと冷たくなる。

音の原因は、鉄平の足元に落ちている鞄のようだ。今日はちどり荘の打ち合わせはないので、おそらくただ脩に会いにきたのだろう。

鉄平は愕然と目を瞠《みは》り、入り口に突っ立ったままぶるぶるとこちらを見つめている。

しかしすぐに我に返ったようで、電光石火《でんこうせっか》の勢いで脩たちの元に駆けよってきた。そしてふたりの体を強引に引きはがし、怜一から奪うように脩をしっかりと抱きしめた。

「……なにしてるんですか！」

鉄平の腕の力強さに、脩の鼓動が跳ね上がる。

「なにをしてたんですか！　ていうか、この人誰ですか！　なんか、脩さんの方から抱きついてるように見えましたけど！」

「なにって、べつに……」

抱きしめられたまま至近距離でまくし立てられ、そのあまりの剣幕に脩はすっかりたじろいでしまう。本当になにというほど大したことをしていたわけではない。けれど、どう説明すればよいのかと頭が真っ白になった。

「おっと、もしかして噂のライバル君の登場かな？」

焦る脩とは対照的に、怜一は不敵な笑みを浮かべて鉄平を見つめた。

鉄平のつま先から頭までを検分するように眺めると、怜一はふっと失笑する。

「脩の凍った心を動かすほどの人だというから、一体どんな素敵なシニョーレなのかと思っていたのだけれど。まさか、こんなに嫉妬《しっと》深いバンビーノだったなんてね」

がっかりだというように、怜一が両手を上げてやれやれと頭を左右に振った。

「バンビーノ？」

なんのことだと、鉄平が怜一の言葉を繰り返す。

「これは失礼。イタリア語でオコサマという意味だよ。バ、ン、ビ、君？」

怜一の小バカにしたような口調に、鉄平はきつく眦《まなじり》をつり上げる。

「誰が子供だ！」

「実際の年齢なんて関係ないさ。脩の言い分も聞かないで、嫉妬心丸出しでわめき散らしているところが子供だって言っているんだよ」

鉄平はぐっと言葉をのみこむ。

「君がさっきの僕たちを見てどう誤解したのかは、まあ想像がつくけれど？　それでも、愛する人に向かってあんな一方的な言い方、僕なら絶対にできないね」

怜一の発言に理があると感じたのか、鉄平の手の力がかすかに緩む。言い返せないことが悔しいようで、ぎりぎりと歯嚙みする音さえ聞こえそうだ。

このままでは埒《らち》が明かない。脩はどうにか誤解を解こうと口を開いた。

「ふたりとも、ちょっと落ち着いて。……鉄平、さっきのはただの誤解だから。説明がややこしいけど、俺は怜一さんに頼み事をしていただけだ」

「頼み事？　あんなにくっついて、一体どんなお願いを……」

しかし、脩の言葉がかえって鉄平の不安を煽ってしまったようだ。その表情が、今度は真っ青になっていく。

「いや、あの、頼み事自体はまったく普通のことなんだけど……」

もはやなにを言ってもうまく伝わらない気がする。脩は嘆息を漏らした。なぜここまで必死になって鉄平に説明しなくてはいけないのだと、同時に理不尽な思いにもなる。

やはりかわいくおねだりだなんて、柄でもないことをするのではなかった。冷静に考えたら、先ほどの話は怜一の気まぐれに決まっているのに。

脩の説明ではとても納得できないようで、鉄平は意気消沈した様子で力なく手を引いた。ようやく鉄平の腕から解放され、脩はほっと息をつく。

そんな鉄平に、怜一は大袈裟《おおげさ》に前髪を掻き上げた。

「脩、やっぱりこのバンビーノはやめて、僕と付き合った方が君のためだね。彼は君にはふさわしくないよ。それにこんなお子様じゃ、セックスだってサル並みに決まってる」

失礼極まりない発言に、鉄平の顔が怒りで朱に染まる。

ひとり飄々《ひょうひょう》としている怜一ににじりより、鉄平はきつくその双眸を睨みつけた。

「誰がサルだ！」

ガルル、と今にも唸《うな》り声を上げそうな鉄平と、余裕綽々《しゃくしゃく》な笑みを浮かべている怜一。額がぶつかりそうな距離で激しく睨み合っている。

ふたりの間に見えない火花が散る。

「そういうあんたこそ、しゃべり方とか仕草とか、いちいちキザなんだよ。つーか、ハッキリ言って変態くさいんだよ、おっさん！」

「変態？　この僕が……おっさん？」

怜一の口元がぴしりと歪む。

「ふ、言ったね？」

「ああ、言ったよ！」

両者一歩も譲らない言い合いに、脩はすっかり頭を抱えこんだ。

まさに犬猿《けんえん》の仲だ。厄介事《やっかいごと》はごめんだが、さすがに自分が原因なので放ってもおけなかった。

脩は渋々ふたりの間に割って入る。

「怜一さん。相手はこの事務所のクライアントなんですよ。所長がお客様相手にそんな態度じゃ、さすがに失礼です」

自分の普段の言動は棚に上げて、脩は怜一にそう訴える。すると、怜一が反応するよりも早く、鉄平が呆然と脩に視線を向けた。

「……所長って、この人が所長なんですか？　あの、リビングの薔薇の？」

しまった、と脩は慌てて言葉をのみこむ。

つい先日、まさに薔薇のことで妙な雰囲気になったばかりだというのに、このタイミングで知られてしまうなんて最悪だ。しかし一度口から出た言葉はもう戻らない。この言い合いを鎮《ちん》火《か》させるつもりが、火に油を注ぐ結果になってしまった。

そんな脩に、怜一はパッと春風のような笑顔を浮かべる。

「僕からのプレゼントをリビングに飾ってくれているんだね！　嬉しいよ、アモーレ！　さすが僕の脩だ」

怜一は満足げに目を細めると、脩を引きよせてその頬にキスをした。

キスをされる瞬間、鉄平とバッチリ目が合ってしまい、脩の顔からさらに血の気が引いていく。いつもならば適当に受け流せるけれど、さすがにこれはまずい。

「な、なな、なにするんですか！」

慌てて怜一から離れるが後の祭りだった。いつもはうるさいくらいの鉄平が、ただ静かに憤激のオーラを纏っている。

あまりのいたたまれなさに、脩はその場で固まってしまう。

「……脩さん、ちょっとこっちに来てくれますか」

聞いたこともないような重低音でそう言うと、鉄平がぐっと脩の手首を握りしめた。やばい。完全に目が据わっている。

「え、ちょ、……ちょっと！」

そのまま手を引かれ、慌ただしく事務所を後にした。あまりの力にその手を振りほどくこともできず、鉄平の後をただついていくことしかできなかった。

「今すぐ、他の職場を探してください！　あんな人と一緒だなんて危険すぎる！」

人気《ひとけ》のない路地裏で、鉄平がそう詰めよってきた。

「そんなの、無理に決まってるだろ」

摑まれたままの手を、脩は勢いよく振り払う。

そこは少し赤くなっていて、どれだけ強い力だったのかがよくわかった。庇うように、脩はその跡に指先を添える。

あの後事務所のビルを出て、鉄平に手を引かれるまま裏手の路地まで連れてこられた。鉄平はここに着くまでひと言も発さず、しかもひどく殺気立っていてこちらからはとても声をかけられなかった。あまりの気まずさに体が強張ってしまい、何度も足がもつれそうになってしまったほどだ。

鉄平に握られていた手首だけが、ただ熱い。

「だいたい、なんでお前にそこまで言われないといけないんだよ」

しかし先ほどは場の雰囲気にのまれてなにも言えなかったが、改めて考えたら鉄平にここまで追及される筋合などないはずだ。

少し時間が経ち、ようやく脩に冷静さが戻ってくる。

「心配だからです！　あの人、絶対に脩さんのことが好きでしょう」

「誤解だよ。あの人は気まぐれなだけで、べつに俺のことを本気で好きなわけじゃない」

「そう思ってるのは脩さんだけです。もし本気だったらどうするんですか！」

ふたりの言い分は平行線を辿り、交わる気配すらない。まったく聞く耳を持たない鉄平に、さすがに脩もカチンときた。

「だとしたらなんだよ？　そもそも、なんでこんなことでお前と言い合わなくちゃいけないんだ？　お前と俺は恋人じゃないだろ」

脩は挑むようにそう言い放つ。

ほとんど、売り言葉に買い言葉だ。膠着《こうちゃく》する口論に苛立ち、つい吐き捨てるような口ぶりになってしまった。こんな言い合いに意味がないことは、脩だってよくわかっている。けれど、互いにもう引っ込みがつかなくなっていた。

一瞬、鉄平の表情がぐらりと歪む。鉄平はなにかを言いかけるが、結局なにも言わずに俯き唇を噛んだ。鉄平自身、なにを言えばいいのか思いあぐねているのかもしれない。

痛いほどの沈黙が広がり、脩は鉄平から目を逸らす。あまりに苦しげなその姿をとても見ていられなかった。脩もそっと視線を彷徨《さまよ》わせる。

今の言葉で、鉄平はきっと傷ついた。ふたりが恋人でないことは事実だけれど、そうだからといって軽々しく口にしていい言葉ではない。

まだ昼間だというのに、陽の差さない路地裏は暗く冷たかった。脩はそっと自分の腕を抱きしめる。じとついた寒さのせいで、体が硬くなってしまう。

「……わかってます」

ふいに、鉄平が口を開いた。

「そりゃ、脩さんが俺のことを受け入れてないってことくらい、いくら俺だってわかってるよ。

「……だけど、それならどうして家に呼んでくれたんですか？」

鉄平の問いに、脩はハッと視線を戻した。

「それは……」

「俺はずっと、脩さんのことが好きだって言ってましたよね？　だから、俺の家があんなになったからだとはわかってても、家に来るかって脩さんに言ってもらえて本当に嬉しかった。時間はかかるかもしれないけど、チャンスはあるんだって、そう思ったから。……だって、それって少しは俺に情があるってことでしょう？」

そう尋ねる鉄平の瞳が揺れている。縋りつくような頼りない視線に、脩の胸が切なく軋《きし》んだ。

脩の中で、鉄平はもはやただのクライアントではない。

それはおそらく、一緒に暮らしはじめる以前からそうだった。鉄平の悲しむ顔を見たくない。いつものように笑っていてほしい。鉄平の願いを叶えたい。——切実にそう願っていた。

それはつまり、特別な情があるということだ。

「情ならある。だけど……」

そこまで言い、しかし脩は言い淀む。

そんな脩の様子を、鉄平はじっと覗きこんでいた。射貫くようなその視線で、心まで見透かされてしまいそうだ。脩はますますなにも言えなくなってしまう。

「だけど、なに？　……愛情じゃなくて同情ってことですか？」

鉄平の言葉に答えられず、脩はそっと顔を伏せた。なにをどう伝えたらいいのか、自分でもわからないのだ。

けれどその沈黙が答えだと感じたのか、もういいです、と鉄平がすっと離れた。

「困らせてすみませんでした。お世話になりました」

それだけを言うと、鉄平は脩に背中を向ける。

そのままこの場を去ろうとする鉄平の腕を、今度は脩が反射的に摑んでいた。

「……お世話になりましたって、なんだよ」

「言葉どおりの意味です」

鉄平は振り向きもせずにそう答える。

「脩さんの家を出ます。俺はどうしたって脩さんが好きだから、このまま一緒にいるなんてできない」

「出て行くって……、お前、行く当てなんかあるのか」

「それは、脩さんが心配することじゃない」

鉄平の強い拒絶に、脩は思わずびくりと震える。

脩の手を振りほどくと、鉄平は一度も振り向かずにこの場を立ち去ってしまった。あっという間に路地を抜け、その背中が大きな通りへと消える。

……まさか、本気で出て行くのだろうか。

そう考えた途端、よるべない心細さで喉の奥がギュッと引きつった。

鉄平のことだ。きっと友人も多いだろうし、行く当てくらい他にいくらでもあるのかもしれない。そもそも、脩が心配することではないと鉄平本人に否定されたのだ。これでようやくお役御免だと、大手を振って以前の生活に戻ればいいだけだ。

それにこれ以上は本当に、中途半端な覚悟で立ち入るべき領域ではないと、自分でもわかっていた。行く当てがないからという大義名分《たいぎめいぶん》を失って、それでも脩が鉄平と一緒に過ごす理由などなにひとつないのだ。

……そのことがなぜか、言葉にならないほど悲しかった。

ひどい重苦しさで胸が真っ黒に塗りつぶされて、息苦しささえ感じてしまう。

「なんだよ……」

脩はそう独りごち、ビルの壁に背中を預けた。

鉄平との同居生活は、なんの問題もなく進んでいたはずだ。それが、こんなくだらないことで喧嘩別れのようになってしまうなんて。

背中越しに伝わるコンクリートの冷たさが、よけいに脩を心細くさせた。

ざらざらと荒く無機質な感触が、なんだか脩の心のようだった。頑《かたく》なで歪《いびつ》だった心。裏切られることが怖くて、誰も好きになりたくないとひとりで意地を張っていた。自分でも気づかないうちに、冷たくささくれ立っていた。

けれど鉄平と過ごす温かな時間は、そんな脩の心を優しく撫で癒《いや》してくれた。言葉にすると陳腐《ちんぷ》だけれど、脩はたしかに幸せだったのだ。

しかしその幸せには、一抹の寂しさも潜んでいた。

それはきっと、ふたりの時間が有限であることを、脩が理解しているからだろう。ちどり荘が完成するまでという物質的な時間ではなく、ふたりが一緒にいられる精神的な時間という意味でだ。

脩が鉄平の気持ちを受け入れれば解決するような、単純な問題ではない。脩があげシリである限り、たとえふたりが恋人どうしになったとしても絶対に終わりが訪れるのだ。

胸に降り積もる幸福に比例して、その寂しさは脩の中で大きく育っていった。過ぎる幸運は人を惑わす。それはあげシリが嫌というほど教えてくれた。

どんな人でも、結局変わる。

幸運を手に入れたら、鉄平もきっと変わる。

脩はただ、それだけが怖いのだ。

その日の夜、脩はちどり荘に向かった。

あの事故の日のまま、ちどり荘には今も青いビニールシートが巻き付けられていた。生温《ぬる》い夜風に、ビニールシートがバタバタとはためく。街灯だけが青白くほのめく暗い夜道に、乾いた音がいっそう儚《はかな》く響いた。

あの後、脩が仕事を終えてマンションに帰ると、出て行くと言ったとおり鉄平の姿はなかった。リビングの隅にまとめてあった鉄平の荷物もなくなっていて、代わりに合鍵がポストに入っていた。

――脩はちどり荘の玄関に手をかける。

鍵はかかっておらず簡単に開いた。

鉄平は脩のマンションに移る前、しっかりと家の中を片付けていたようだ。しかしそれでも、すでに廊下中が埃やがれきでひどく汚れていた。かなり空気が悪い。

軽く咳払いをすると、脩はささやかな玄関ホールを抜けて精緻《せいち》な鉄飾りの入った木製の扉を開けた。その先はリビングだ。このちどり荘でもっとも多くの面積を占める部屋である。他でもない脩がこの家の図面を引き直したのだ。間取りは完璧に頭に入っている。

リビングにはイミテーションの暖炉やすりガラスの大きな出窓、そして古びたグランドピアノがあった。棚の上の小物などもあるべき場所にきちんと収まっている。事故の後はひどく物が散乱していたはずなのだが、鉄平が丹念に戻したのだろう。

あれだけの事故だったというのに、この部屋には見ただけでわかるような傷はひとつもなかった。窓から入る柔らかな月明かりだけが唯一の照明で、なんだか別世界に迷いこんだような気さえする。四角く差しこむ月光が、きらきらと埃を反射させていた。

「脩さん?」

グランドピアノの椅子に、鉄平が座っていた。

脩が訪ねてきたことに驚いているようだ。こちらを見上げて目を見開いている。

「いきなり物音がするから、泥棒が入ったのかと思いましたよ」

盗るような物なんてないけど、と鉄平がいたずらっぽく笑った。普段と変わらないその笑顔に、不覚にも泣きそうになってしまう。

脩は扉を閉めると、鉄平を見つめたままその場で立ち尽くしてしまった。

「どうしてここに?」

「……ここ以外に、お前が行きそうな場所なんて心当たりないから」

「そういうことを訊いてるんじゃないけど」

鉄平がかすかに苦笑する。

なにを訊かれているのかくらい、脩だって理解している。それに本当は、鉄平に会いにくるべきではないこともわかっていた。その好意を受け入れられないというのならば、鉄平の行き先を心配したところでそんなのはただの優柔不断《ゆうじゅうふだん》だ。

けれど、たとえできそこないの優しさだろうと、脩は鉄平を放っておけなかった。脩自身、あのまま鉄平と離れてしまうのは耐えられないのだ。

ポストの中で合鍵を見つけたときのあの喪失感。

鉄平がもうここに帰ることはないのだと知り、体がふたつに裂けてしまうのではないかと思うほど苦しかった。数年住み続けた部屋も、鉄平がいないだけでまるで見知らぬ空間のようによそよそしくなった。

今の脩にとって、鉄平の存在はあまりに大きいのだ。

「すみませんでした」

「え？」

いきなり頭を下げられ、脩はぽかんと鉄平を見返した。

「脩さんは、困ってた俺を助けてくれただけなのに、あんな言い方なかったですよね。あのキザなヤツが脩さんとずっと一緒にいるのかと思うと、腹が立ってたまらなくて……。本当にごめんなさい。……あんなんじゃ、ガキだって言われてもしょうがないです」

この部屋でひとり、鉄平はそんなことを考えていたのだろうか。

鉄平は顔を上げ、ふっと表情を緩めた。

「もしかして、迎えにきてくれたんですか？」

「……まだ夜は寒いし。このままのたれ死にでもされたら、俺が寝覚め悪いだろ」

そっぽを向いてそう答えると、鉄平がくすりと笑った。

「もう春なのに？　こんな家でも、さすがに凍え死ぬことはないですよ。それに、明日からはどこか探すつもりだったし」

月に雲がかかったのか、ふいに辺りが暗くなる。

窓から差しこむ光がぷつりと消失し、辺りは一面の薄闇に支配された。鉄平の表情も闇に隠れて見えなくなり、ひどく心細くなってしまう。

「帰ろう」

絞り出すように、脩がそう囁く。

鉄平の返事を待つが、しばらくなにも答えてはくれなかった。ただピンと張り詰めた糸のような静寂が広がっている。

しかし鉄平はおもむろに立ち上がり、脩の傍に足を進めた。

それなりに広いとはいえ、所詮ひとつの部屋の中だ。数秒とせず、鉄平は脩のもとに辿り着いた。あまりに近づいてくるので、脩は思わず後ずさる。しかしすぐ後ろには扉があり、背中が当たってこれ以上はどこにも逃げられなかった。

気がつくと、ぎゅっと鉄平に抱きしめられていた。

その温もりに、指先まで痺《しび》れて動けなくなってしまう。

顔を上げると、痛いくらいに真剣な鉄平の眼差しがあった。目の前にはただ、鉄平だけがいる。心臓が高鳴りすぎて、息さえできなくなりそうだ。

「あんなことを言ったのに、迎えにきてくれるなんて。……やっぱり脩さんは優しい」

そうじゃないと言いたいのに、うまく口が動かなかった。鉄平のためだけに迎えにきたわけではない。本当は、自分が鉄平に会いたくてここに来たのだ。

「好きです、脩さん」

すぐ耳元で囁かれ、びくりと体が震えた。

聞き慣れているはずの鉄平の声。……こんなに甘い響きだったろうか。

「……放せよ」

脩はどうにかそれだけを口にする。

しかし、嫌ですと、さらに強く抱きしめられた。

「俺は脩さんをもっと抱いていたい。……ずっと、こうしたかった。嫌なら逃げてください。そんなに強い力で抱いてるわけじゃない」

言われるまでもない。逃げようと思えば容易く逃れられる程度の力だ。強く拘束されているわけではない。

けれど鉄平の腕に、匂いに、体が麻痺して動かなくなってしまう。

「初めて会った瞬間、この人だってわかったんだ。この人に会うために、今日ここに来たんだなって」

「どうして、俺なんかをそこまで」

「さあ、どうしてだろう。……だけど、俺が脩さんに出会ったのは運命なんだって、そう思ってますよ」

「……そんなの、ただの気のせいだ」

口先だけで強がってみせるけれど、体中が熱くなっていることに気づかれているだろう。どれだけ俯いても、赤くなった耳や頬までは隠せない。

この胸の鼓動まで伝わっていたらどうしよう。……恥ずかしい。このまま消えてしまいたい。

脩は鉄平の腕に手をかけ、その囲いから逃れようとする。けれど鉄平にぐっと抱きよせられれば、それだけで脩の手から力が抜けた。ひ弱な抵抗など、あっさりと封じこめられる。

「気のせいでもいいんです。俺が脩さんのことを好きで、運命なんだって感じてるってことが大事なんです」

そう言って笑うと、鉄平がふっと瞼《まぶた》を閉じた。

顔を傾けながら脩に近づけてくる。金縛りにあってしまったかのように、体が動かなかった。避ける術などなく、熱く乾いた唇が優しく重ねられる。

ほんの一瞬、唇を掠めるだけのキス。

目を閉じることもできなくて、鉄平の顔が近づいてきた様子がはっきりと見えた。大きな二《ふた》重《え》の瞳が閉じる瞬間。まっすぐに伸びる睫が揺れるさまが、とてもきれいだった。

脩はただぼんやりと、鉄平の顔を見つめる。

そんな脩の表情を、鉄平は真剣な顔で見返す。

「嫌ですか？」

鉄平にそう訊かれ、脩はなにも答えられなかった。

……嫌じゃない。

どうしよう。ぜんぜん、嫌じゃない。

少し笑って、鉄平がまた顔を近づけてきた。なんだか泣いているような笑顔だった。戸惑いに胸が揺れるけれど、今度は脩もそっと目を閉じる。

こうなってようやく、自分がどれほど鉄平を求めていたのかを知った。

ずっと、喉が渇いていた。

この渇きを満たせるのは、この世界に鉄平のキスだけだ。

ふたたび互いの唇が触れ、鉄平の舌が歯列を割ってそっと入りこんできた。そのまま舌先を擦られ、脩の体にピリピリと電流が流れる。震えて逃れようとする脩の体を、鉄平が両手を回して抱き留めた。

「……っ」

鉄平は、脩の口腔《こうこう》を余すところなく舐めていった。口の中を触れられると、体中に甘い痺れが広がっていく。舌を絡み合わせ、優しく吸い上げられた。なんだか喉の奥がきゅっと引きつけを起こす。

「ん、っふ……」

口腔を深く抉《えぐ》られたかと思うと、次の瞬間には啄《ついば》むような口づけをされた。舌で唇でと与えられる愛撫はひどく心地よくて、頭の芯がふわふわと霞んでいく。

いつの間にか、脩も鉄平の背中に手を回していた。

互いを求めてやまないように、ふたりはくっついて離れない。鉄平の体温が心地よくて、このままずっと抱き合っていたいとさえ思った。

絶え間なく降り続けるキスの雨。鉄平の動きに合わせて、脩も自ら舌を差し出した。キスなんて、これまでだって数え切れないほどしてきた。けれど鉄平とのキスは、そのどれともまったく違う。

本当はとっくに気づいていたのだ。

愛情では困るなんて考えている時点で、鉄平のことを好きになっていたということに。

あげシリのせいで失恋や煩わしい想いを何度も繰り返しもう誰かを好きになったりしないと決めていたけれど。それでもどうしようもなく惹かれてしまった。

大切な人が自分よりも夢を選んで離れていくのは寂しい。大好きな人が欲に目が眩んで豹変してしまうことも悲しい。過ぎる幸運は人を惑わす。それを脩は痛いほどに知っていた。

きっと鉄平も、自分と付き合ったら変わってしまう。

だから、好きになりたくなかったのに。

けれど、本能には逆らえない。自分が今なにをしているのか、そんなことを考える余裕はなかった。鉄平に触れられると、体も心も甘く蕩けて夢中になってしまう。ただひたすら、鉄平の熱を追いかけた。もっと、もっと。奥まで触れてほしくて脩は自ら深いキスをねだる。

ふいに、鉄平の手が脩の腹部に伸びてきた。シャツの裾から硬いてのひらが侵入し、脩の横腹を撫で上げる。そのさらりとした感覚に、脩はびくりと体を震わせた。

見上げると、熱の籠もった鉄平の瞳があった。濡れているような深い色が揺れている。

「最初はね、ただの一目惚れで、脩さんのことを好きな理由なんてなかったのかもしれない。だけど、一緒にいればいるほど、どんどん好きになっていったんですよ。ぶっきらぼうだけど、心が温かくて優しくて。……脩さんがいなかったら、この家が壊れたとき、きっと耐えられなかった」

そう言うと、鉄平はふたたび脩に口づけた。

「っん」

息をする余裕さえ与えられず、脩は鉄平の口づけにただ翻弄《ほんろう》される。濃くて深い、欲情のキスだ。舌をきつく吸われると、全身がどうしようもなく震えた。

そのまま立っていることなどできず、ふたりは口づけを交わしながらずるずると床にしゃがみこむ。鉄平に抱きすくめられ、気づいたら扉に背中を押しつけられていた。

鉄平の腕の囲いに閉じこめられ、何度も何度もキスを交わす。どれくらいそうしていたのかわからないほど、互いを求め合った。

「……は、ぁ……」

鉄平の唇が離れ、ようやく、脩は深く息を吐く。

音を立てて口づけられる度に、脩の思考が霞んでいった。しかし塵《ちり》の舞う室内に、鉄平が小さく咳きこみふっと我に返る。今のこの家は、けっして衛生的といえる場所ではなかった。

埃っぽさにも気づかないほど行為に没頭していて、そんなことに今やっと思い至る。

「マンションに戻るか？」

しかし脩の問いかけに、鉄平は首を左右に振る。

「ごめんなさい、……今は離れられない」

鉄平の手が脩の肌に触れた。熱っぽい手。触れられた箇所が瞬時に火照《ほて》っていった。そしてそのまま素肌を撫で上げていく。

「好きです。脩さんは、俺のことどう思ってる？」

鉄平の言葉に、胸が甘く満たされる。

しかしそれと同時に、言いようのない不安に押しつぶされそうになった。

鉄平が好きだ。どうしようもなく、鉄平のことが愛しい。

――けれど、もしもこのまま鉄平が幸運を摑んでしまったら？　そう考えると、素直にこの気持ちを打ち明けることなんてできなかった。

鉄平を失うことが怖いのだ。今は好きだと言ってくれても、それがいつまでも続くなんていう保証はどこにもない。ただでさえ不運な鉄平が破格の幸運を手に入れて、今のように純粋なままでいられるのだろうか。自分から離れていかないと、どうして信じることができる。

これまでの失恋が頭をよぎり、脩の心を苛《さいな》んでいく。

だから、脩からは絶対に好きだなんて言えなかった。

いつか来るその日、鉄平が別れを選択しても、けっして自分から追い縋ったりしないように。

こうなった以上、その覚悟を決めなくてはいけない。

「脩さんの気持ちが聞きたいです」

鉄平の声がかすかに震えていることに気づく。

しかし脩は、鉄平から視線を逸らし、目を伏せた。このままでは心の内を打ち明けてしまいそうで、鉄平をまっすぐ見ていられなかった。

脩は鉄平の体を軽く押し返す。そして、こちらから重ねるだけのキスを仕掛けた。耳まで赤くする鉄平に、脩はわざと気丈に微笑んでみせる。

「俺がする」

そう言うと、脩は鉄平のジーンズに手を伸ばした。張り詰めているそれを、前をくつろげて解放してやる。

すでに硬く兆《きざ》しているそこに、脩はそっと手を添える。鉄平の雄は蕩けそうに熱くて、思わず心臓が高鳴った。そのまま上体を屈めて、脩は鉄平の先端に口づける。

「え、……っちょ、脩さん?」

制止する鉄平の声も聞かず、脩はそのまま舌を滑らせていく。裏筋を辿るように舐め上げると、鉄平の体がびくりと揺れた。もっと反応してほしくて、脩はさらに動きを加速させていく。

しかし鉄平に肩を摑まれ、動きを止められた。

「へ、返事! なんでなにも答えてくれないんですか!」

脩が行為でごまかそうとしていることを、さすがに鉄平も気づいているようだ。しかし、うるさいと一蹴し、脩は肩に乗せられた手を払う。

鉄平の欲望に口をよせたまま、脩はその顔を見上げた。

「がたがた言ってるとここでやめるぞ」

上目遣いで見上げたまま、挑発するように先をぺろりと舐め上げる。そんな脩の様子に、鉄平はうっと黙りこんだ。

「……それは、困る」

男の体は欲求に素直だ。苦渋の表情を浮かべて黙りこむ鉄平に、脩は思わず笑みが零れる。なにごとにも正直な鉄平がかわいくてたまらなかった。

「いいから、今はこっちに集中して」

それだけ言うと、脩は先端のくびれた箇所を咥《くわ》えこみ、ちゅっと吸った。水音を立て、小刻みに何度も吸い上げていく。

口に含んだ欲情はさらに硬度を増し、舌の上で膨らんでいった。先の窪みから零れる液と唾液とが混ざり合って唇の端から垂れていく。

鉄平の切なげな吐息が頭上から降ってきて、脩自身も興奮した。直接触れられていなくても、濃厚な火が確実に体の芯に灯《とも》っていく。脩は自身に宿る下半身の疼きを、すべて鉄平への行為に変えた。

焦れったくてたまらず腰が浮きそうになるけれど、必死に堪《こら》えてただ鉄平の熱を貪《むさぼ》った。鉄平と最後まで繋がってしまえば、きっと別れがつらくなる。けれど、こちらから与えるだけならば、まだ耐えられるかもしれない。

それにこうなってしまっては、鉄平に触れたいという衝動を抑えることも不可能だった。さらに奥まで咥えこみ、鉄平のそこを高めていく。

「……っ」

そそり立つ根元に手を添え、緩く包んで擦り上げた。手の中で脈打つそこが愛しくて、咥えこんだまま口を大きくグラインドさせる。強い刺激に鉄平の腰が引けそうになるが、脩はそれを許さずさらに行為を激しくしていった。

ひときわきつく吸い上げると、鉄平の手がぐっと肩に食いこむ。

「脩、さん」

鉄平が呻《うめ》くように自分の名前を呼んでいる。もう限界が近いのだ。
たったそれだけのことで、脩も達しそうになってしまった。ひどい目眩《めまい》に襲われる。
次の瞬間、どくんと大きく脈動し、濃い粘液が脩の口の中で弾けた。

5

自販機でジュースを買えば連続で当たり、道で拾ったスクラッチくじは当選ナンバー。電車に乗ればどんなに混雑していても、鉄平《てっぺい》の向かう先だけは必ず席が空いていた。他にも、数え上げればきりがない。

恐れていたことが現実になってしまった。

今までの不運が嘘のようになくなり、鉄平が幸運に恵まれはじめたのだ。

ちどり荘で夜を過ごしたあの日から一ヶ月。梅雨《つゆ》入りで小雨が続いているけれど、鉄平はそんな天気とは対照的に晴々とした毎日を過ごしていた。

ふと、さすがだね、という怜一《れいいち》の声が耳に届いた。

「さすが、僕のフォルトゥナ。まさに幸運の女神だ。あんなちんちくりんのバンビーノにまで幸運をもたらすなんて」

反射的に声の方を仰ぎ見ると、接客用のソファで優雅に紅茶を啜《すす》る怜一の姿があった。

一体どこから持ちこんだのか、スコーンなどが並んだ本格的な三段のティースタンドまで置かれている。クライアントが来たらどうするんだと突っこみたいが、言ったところで聞く耳など持たないだろう。

このティータイムは、怜一が来てからというもの事務所の日課となっていた。移り気な怜一らしく、その日の気分でお茶を変えているようだ。

今日はイギリス風だが、昨日は中国の花茶で、その前日はモロッコのアッツァイ、そのまた前日は南米のマテ茶だった。中身だけではなく器も本格的なので、昼過ぎになると事務所の一角は異国情緒《じょうちょ》溢れるサロンへと変化する。

優雅にお茶を啜る怜一から視線を逸《そ》らし、脩《しゅう》はデスクにある模型を眺めた。

つい今しがた完成したばかりの模型で、終わったからには次の仕事に取りかからねばならない。抱えている仕事は山積みだ。しかしここ数日、どうにも身が入らなかった。

脩は無意識に深い息を吐く。

上《うわ》の空《そら》の原因は自分でもよくわかっていた。

自分と関係を持った鉄平が一体どうなってしまうのか。どうしても気になってしまい、無意識にそのことばかり考えてしまうのだ。

しかしながら、今のところ鉄平に心境の変化はないようだ。立て続けに幸運に恵まれてさすがに驚いてはいるようだが、それほど大事《おおごと》に受け止めてはいないらしい。多少のことは「ラッキー」と言ってのんきに笑うだけだ。

これまでの不運を思えばとんでもない僥倖《ぎょうこう》のはずなのに、その不運に慣らされ続けたため、神経が人並み以上に図太いのだろう。

それに最後の一線を越えていないからか、それほど破格の幸運が鉄平に訪れているわけではないようだった。正直、脩自身にも厳密なあげシリの定義がわかっているわけではない。しかしこれまでの経験からいうと、どうやら脩との親密さや情交の深さによって幸運の度合いが変わるようではある。

脩はたしかに鉄平の体に触れはしたが、まだ恋人と呼べる関係には至っていない。鉄平はあいかわらず脩の気持ちを確かめたがっているが、今もうやむやにしてごまかし続けていた。今ならばまだ、引き返せる。失恋したときの痛みを恐れるあまりそんな臆病な感情が心の奥底に巣くって、どうしても素直になれなかった。

けれどこの幸運だって、ただの偶然かもしれないではないか。

脩はそう考え、しかしもう何度目かもわからない嘆息をついた。そう思いたい気持ちは山々だが、鉄平に訪れた幸運の数々を思い浮かべると、それはなさそうだ。

——ここ数日で鉄平に訪れたもっとも大きな出来事。

それはちどり荘に突っこんだトラックの運転手が捕まったことだろう。

運転手は衝突したことに気が動転し、恐怖心から逃げてしまったということだった。もちろん逃げおおせるはずもなく、こうして身柄を突き止められたわけだが。

そしてこれにより、建て替えの話が大きく進展することとなった。衝突による被害額などを運転手側の保険で賄えることになったからだ。

万一運転手が見つからずとも、鉄平はちどりの残した保険金で建て替えを行うつもりだったようだ。それでも、賠償金のおかげで金銭的な面ではずいぶん楽になっただろう――。

「だけどショックだよ。まさか君が、あんなバンビに……」

怜一は額にきれいな指先を添え、大袈裟《おおげさ》に頭を左右に振った。

「あぁ、まさにこの世の終わりだ。なんておぞましい。自分の鋭い洞察力と豊かな想像力をこれほど憎いと思ったことはないよ」

「……なにを考えてるのかは知りませんけど、ただの気のせいですよ」

脩は素《そ》っ気《け》なくそう受け流す。

ちなみに、あの後鉄平とどうなったのかなんて、もちろん怜一に話した覚えはない。しかし勘の鋭い怜一は、ふたりの関係の変化に気づいたようだ。

「気のせいねぇ？」

そんな脩をにやにやと眺め、早月《さつき》はティースタンドからサンドイッチを摘んだ。

「それにしてはずいぶん既視感を覚えるわよ？」

手にしたサンドイッチをそのままひと口で食べきる。おいひぃ、と両頬《ほほ》に手をあてて、早月は極上の笑顔を浮かべた。

「怜一がいると美味《おい》しいものがいっぱいで幸せ……」

「そうかい？　そう言ってもらえて、僕の方こそ嬉しいよ」

うふふ、と笑うふたりの周りにピンク色の小花がふわふわと飛んでいる。

早月の言う既視感とは、おそらく脩のこれまでの恋人たちのことを言っているのだろう。彼らも初めは、こうした小さなラッキーに恵まれるようになっていたからだ。

「だけど、怜一がせっかくイタリアから帰国したのに、結局脩君は鉄平君の方とくっついちゃったわけね」

愉快そうに、早月が目を細める。次はスコーンを手に取り、ストロベリージャムをたっぷり塗りつけた。

「どうするの、怜一？　またイタリアに戻っちゃう？」

早月がジャムスプーンをプラプラさせると、怜一は「まさか」とカップを置いた。

「言っただろう？　恋には障害が必要だって。たとえ今、脩の心が誰のものであろうとも、僕の心は僕のものだ。自分に従い、好きにするだけさ」

「うーん、よくわかんないけど、まだリタイアしないってことか。……だとしたら困ったなぁ、どっちを応援したらいいのかしら。今のところ鉄平君の方が優勢だし、やっぱり怜一を……って、やだ！」

考え事に夢中になっていたせいか、ジャムがテーブルの上にぽたりと零《こぼ》れたようだ。早月はもったいない、と慌ててテーブルを拭きとっていた。

付き合っていられないと脩が溜息をつくと、ちょうど入り口の扉が開いた。

「こんにちは」

現れたのは鉄平だった。

鉄平は脩の姿を捉え、嬉しそうに相好《そうごう》を崩す。建て替えの打ち合わせのため、学校の帰りに事務所まで来るよう伝えてあったのだ。

しかし怜一の姿を目にした途端、鉄平の表情が一気に曇った。

対する怜一は、軽く右手を挙げてにっこりと応えている。

「おや、噂をすればバンビ君じゃないか」

「まだここにいたんですか？　とっととイタリアに帰ってくださいよ」

「まだいたもなにも、ここは僕の事務所だよ？　不満があるのなら君が帰ればいいじゃないか」

「帰りませんよ！　ていうか、それが客に対する態度ですか」

「……やれやれ、お客様は神様だからこびへつらえとでも言いたいのかい？　客か設計士か、そんなことで人間本来の価値が決まるのではないよ。資本主義信者の哀れなバンビーノには、そんなこともわからないのかな？」

哀れみの視線を向ける怜一に、ますます鉄平の表情が険しくなる。

「もういい加減にしてくださいよ。……鉄平、お前はこっち」

脩は溜息まじりに、鉄平を自分のデスクに手招きする。傍《そば》によってきた鉄平に、先ほど完成したばかりの模型を見せた。

「これ……」

模型を捉えた瞬間、鉄平の瞳がキラキラと輝きはじめる。まじまじと眩《まぶ》しそうに眺めていた。

「ちどり荘だ」

脩が作成した、プレゼン用の模型だ。彩色も施《ほどこ》されていて、まさにミニチュア版のちどり荘である。建て替えに際し、鉄平の望みはできるだけ元の形で建ててほしいということだった。事故の前に現地で詳しい調査をしておいて本当によかった。

もちろんすべてが以前のままというわけにはいかない。それでも鉄平の希望を最大限に取り入れつつ、なんとかプレゼン用資料の完成まで漕ぎつけたのである。

「あくまでも模型だけどな。どう？」

本当は、今回は模型を作る必要はなかったのだが、鉄平の喜ぶ顔が見たくてつい制作してしまった。思ったとおり、幸せそうな鉄平の様子に脩の頬も緩んでしまう。

模型の横に図面も広げ、脩はそのふたつを照らし合わせながら説明していった。脩の提案に、鉄平は真剣に聞き入っている。ひととおり話し終えると、鉄平は満足そうに目を細めた。

「すっごくいいと思います。ていうか、本当に俺ん家《ち》そのままだ……。すごいなぁ、早く完成したらいいのに」

「まだまだ、役所に確認申請出したりとかやることはあるから。完成は冬だな」

冬かぁ、と鉄平が宙を見上げる。

「じゃあ、冬に家が完成したら、脩さんも一緒に住みましょうよ」

満面に笑みを浮かべる鉄平に、脩は軽く舌を出して応えた。

「冗談」

ええ、と鉄平が不満そうに表情を曇らせる。

「なんでですか？　家賃も浮くし、なにより俺がついてきますよ。年中無休、脩さん専用。至れり尽くせりです」

「いらねえよ」

脩は素っ気なくそう返す。

「今のマンション気に入ってるし、引っ越しなんて面倒だから」

「……いつまで経っても冷たいなぁ」

鉄平はそう零しながら、しょんぼりと模型に視線を落とす。そんな鉄平を笑っていると、ひそひそと囁《ささや》き合う声が脩の耳に届いた。

なにごとかと声の方に体を向けると、ソファに座る怜一と早月が冷たい眼差しでこちらを眺めていた。

「やあねぇ、神聖な職場でイチャイチャと。公私混同も甚だしいわ」

口元にべったりジャムをつけたまま、早月がそんなことを言う。どうやら、早月は怜一サイドにつくと決めたようだ。怜一もそれに同調するように、物憂げに息を落とす。

「まったくだよ。まさか脩がこんな常識のない子だったなんて……。そこにいる品のないバンビに毒されたに違いないね」

　ぴくりと片方の眉を上げ、脩はふたりを睨みつける。

「……なにが神聖な職場ですか。まずはそこの菓子の山を片付けてから言ってください。まったくもって説得力がないですよ」

　都合の悪いことは聞こえない便利な耳を持っているようだ。ふたりはしれっとして紅茶に口をつける。

　まったく、とデスクの方に向き直ると、鉄平がちらりと時計を確認していた。

「すみません、早いんですけど、今日はもう戻らないと」

「ああ、そっか。今日もバイト？」

「いえ、今日はバイトじゃないんです。明日提出のレポートがちょっと厳しくて」

　そう言うと、すぐに荷物を抱えて出口に向かった。

「じゃあ、そこまで送る」

　いつもそうしているように、脩は事務所を抜けてエレベーターまで鉄平を案内した。鉄平に限らず、クライアントは皆ここまで見送るようにしているのだ。

　エレベーターのボタンを押すと、各階を示す光が最上階から二階へと移動する。なんとなくそれを目で追っていると、ふっと視界が暗くなった。

鉄平の顔が近づき、そっとキスをされる。

唇はすぐに離れ、鉄平はなにごともなかったように前に向き直った。ちょうどそのタイミングで、エレベーターの扉が開く。

エレベーターに乗りこんでこちらを振り向くと、鉄平が照れくさそうに笑った。

「レポート、近くの図書館でまとめてるんで、あとで一緒に帰りませんか？」

ほんの少しだけ、鉄平の頬が赤い。

――幸運の他に、もうひとつだけ変わったこと。

それはふたりがキスをするようになったことだ。

昼だけではなく、それ以外の場所にキスをする夜もある。けれどあのちどり荘での夜と変わらず、ふたりが触れ合うときは必ず脩が尽くしてばかりいた。鉄平はむしろ自分から触りたがるが、脩がそれを許さないのだ。

鉄平は強引なところはあるけれど、脩が嫌がることはけっしてしない。本当にやめてほしいと脩が意思表示すれば、必ず引き下がった。そのため、危ういバランスではあるけれど、どうにか恋人未満の関係に踏みとどまっていられた。

「仕事が終わったらメールください。迎えにきます」

「いいよ、迎えなんて」

同じ家に住んでいるのにわざわざ帰りまで一緒だなんて。脩は気恥ずかしさからわざとそっぽを向く。けれど鉄平は気にせず、どこかはにかんだ様子で口元を緩めた。

「俺が一緒に帰りたいんです」

それじゃ、と鉄平は軽く手を振る。なにが嬉しいのか、扉が閉まるまで終始にこにこしていた。そんな鉄平がますます面映《おもは》ゆく、どうにも落ち着かない気分になってしまう。

（だらしない面《つら》しやがって）

内心でそう悪態をつくけれど、自分の顔も先ほどの鉄平と同じくらい赤いのだろう。

脩はてのひらで顔を隠し、深呼吸して事務所に戻った。


仕事が終わったとメールを送ると、一分も経たずに了解の返信が届いた。

鉄平からのメールは絵文字だなんだといつも賑《にぎ》やかだ。十分後に着くという内容で、脩はそれに合わせてビルのエントランスに下りていった。

ビルの入り口を抜けると、折よく雨がやんでいた。この梅雨時に珍しいことだ。空を覆っていた雨雲がうっすらと退き、その雲間からチシャ猫の口のような三日月が覗いていた。ここ数日は雨続きで空なんて見えなかったので、なんとなく心が浮き立つ。

「すみません、待たせました？」

鉄平の声だ。通りに出て適当な方角を見渡していると、ちょうどのタイミングで背後から声をかけられた。脩が向いている逆の道から来たようだ。

「いや、俺もちょうど今下りてきたとこ……」

しかし振り返って鉄平の姿を捉え、脩はぽかんとしてしまった。鉄平が見慣れないスクーターを両手で押していたからだ。

「……どうしたんだ、その原付《げんつき》」

へへ、と鉄平がにんまり口の端を上げる。

「友達にもらったんです」

「もらった？」

はい、と嬉しそうに相づちを打った。

「大型に買い換えるからって、もらったんです。自転車も壊れたままだったんで、ほんとに助かりました」

鉄平は鼻歌でも歌い出しそうな様子で、ウキウキとそう答える。晴れてくれてよかったと、鉄平が雲間に浮かぶ月を見上げた。

たしかに、雨が降っていたらスクーターでの帰宅は大変だったろう。スクーターをもらったことも、この晴れ間さえも、すべてがあげシリの成せる業のように思えて、脩はつい渋面をつくった。こうした小さなことまで幸運と関連づけて考える自分自身にも嫌気がさす。

行きましょうかと、鉄平が歩きはじめた。鉄平はスクーターを押しているのでやや車道よりを陣取っている。脩も渋々、足を進めた。

一緒に帰るというから、てっきり電車なのだろうと思っていたのだ。まさかふた駅分を歩いて帰ることになるなんて。家まで四十分というところだろうか。

さすがに面倒で鉄平にジトッとした目線を送るが、当の本人は幸せそうですっかり毒気を抜かれてしまった。そんな鉄平を見ていると、たまにはいいかとらしくもなく鷹揚《おうよう》な気分になる。

「ご機嫌だな」

苦笑まじりに、脩が口を開いた。

「最近、すごくツイてるんですよね。この原付もそうだけど、学校もいい感じなんです。基礎配も希望してた研究室に決まったし。そこの教授すごい人気あるんで、ほとんど諦めてたんですよ」

「キソハイ？」

聞き慣れない単語に、脩は思わず鉄平の言葉を繰り返す。

「基礎配属っていって、実習みたいなもんです。まだ三回生なんで期間は短いですけど、研究室に入っての勉強なんて初めてだから、かなり楽しみで」

ビル街から駅前の繁華街に差しかかり、辺りは多くの人で賑わいはじめた。店の灯りが鉄平の瞳に映りこんで、色鮮やかにきらめいている。それも加わって、鉄平の表情がいつも以上に生き生きと輝いて見えた。本当に楽しみなのだろう。実習が待ちきれないという風情だ。

けれどそんな鉄平の様子に、脩の胸がちりりと焦げついたようになる。

大丈夫だと、脩は自分自身にこっそり言い聞かせた。

脩と鉄平の関係はまだ恋人どうしではなく、以前の延長線上にあるだけだ。ただ、キスをするようになっただけ。それだけだ。脩の気持ちはどうしようもないほど鉄平に傾いてしまったけれど、それを本人に伝えたわけでもない。

これ以上夢中にならないように気をつければ、きっと大丈夫だから――。

きりりと痛むこめかみを指先で押さえ、脩は目を伏せた。鉄平の喜びを素直に祝福できない、自分の卑屈さにも落ちこんでしまう。

「どうしたんですか？」

「え？」

そう声をかけられ、脩は思わず顔を上げた。

「なんか今日は、……ていうか最近の脩さん、たまに元気ないですよね。なにか考えこんでるみたい」

鉄平は前を向いたままで、ゆっくりと言葉を紡ぐ。

けれど鉄平の方こそ、どこか悄然《しょうぜん》として見えた。勝手に不安がってそっぽを向いたのは脩なのに、そんな脩のことが心配でたまらないようだ。

たしかに、最近の脩はあげシリのことで思い詰めて、口数が少なくなることが多々あった。

あれこれと考えすぎて、悩みが顔に出ていたのかもしれない。

しかし、そんな自分を気遣ってくれる鉄平に、ますます負い目を感じてしまう。かといって、本心を話すこともできない。八方塞がりだ。

「気のせいだろ」

結局、いつものように素っ気ない返答になってしまった。そんな脩を、鉄平はちらりと横目で窺《うかが》っている。

少し間を置いて、鉄平が「さては」と唇の端を上げた。

「俺が実習で忙しくなりそうだから、寂しくなったんでしょう」

にまにまと笑いながら、鉄平はそんなことを口にする。

寂しくないといえば嘘になるが、それでもあまりにのんきな口ぶりに、自然と体中から力が抜けた。延々と悩んでいたことが、取るに足りない小さなことのように感じられる。

「かわいいなぁ、脩さん。素直にそう言ってくれればいいのに」

「……馬鹿じゃねーの」

なにか思い悩んでいることには気づいているはずだ。それでも鉄平は無理に聞き出そうとせず、持ち前の明るさで元気づけようとしてくれる。そんなさりげない優しさが、じわじわと胸に染みていった。凝り固まった頑《かたく》なな心を、ほんの少し解《ほぐ》してくれる。

けれど妙な気恥ずかしさに、脩はつい軽口で返してしまう。

「ていうか、原付をもらったなら、ひとりで乗って帰ればよかっただろうが。そしたら俺だってわざわざ歩かないで電車で帰れたのに」

スクーターを手に入れたというのに、わざわざ手で押してまで一緒に帰りたいという鉄平に呆れているのは本当だ。なんのための乗り物だろう。せっかくのスクーターをただの大荷物にしてしまうなんて、宝の持ち腐れもいいところだ。

「たまにはいいじゃないですか。歩いて帰るのも、案外楽しいですよ」

しかし鉄平はからりと笑い返すだけだった。

いつの間にかビルの建ち並ぶ中心街から遠ざかり、ふたりは灯りの少ない住宅街を並んで歩いていた。マンションまではあと十分もかからない。もうそんなに歩いたのかと、我ながら驚いた。歩いて帰れない距離ではないけれど、いつも電車で移動するばかりなのでこの道を自分の足で歩くのは初めてなのだ。

紫陽花《あじさい》に彩られた舗道がなだらかに続いているが、街灯の光だけでは心許《こころもと》なくて花色の判別さえ困難だった。朝はまた違う顔を見せるのだろうなと、脩はそんなことを思う。

ずっと住み続けている街なのに、まだまだ知らない顔がたくさんある。

……鉄平とふたりでいろんな場所を歩けたら、どれだけ楽しいだろう。

「大丈夫ですよ」

そんな脩の心の声が聞こえたかのように、鉄平がふと口を開いた。そして、脩のてのひらをそっと握りしめる。

これは俺の経験なんですけどと、優しく微笑《ほほえ》んだ。

「大抵のことは、気がついたらなんとかなってますから」

スクーターを支えるため、てのひらはほんの一瞬で離れてしまった。けれどその温もりは残ったままで、じんわりと温かく疼いている。

「お前が言うと説得力あるな」

「でしょ？」

鉄平は得意げな笑みを浮かべた。

こんなに優しい鉄平の気持ちを、本当は脩だって疑いたくはなかった。出会ったころも、今も、鉄平はなにひとつ変わっていないのだ。

何度も同じ失恋を繰り返したけれど、鉄平とならばうまくやれるかもしれない。

脩はそう思い、すぐ隣を歩く鉄平の横顔を瞳に映した。

ふと、左右にはねた鉄平の後ろ髪が目に入る。今日も寝癖《ねぐせ》がついていた。男前が台無しだと苦笑して、脩は鉄平の後頭部に手を伸ばす。指先で摘んで引っ張ると、その瞬間はぴんときれいに伸びる。けれど癖は案外頑固で、指を離した途端、元に戻ってしまった。

「どうしたんですか？」

鉄平は自分に寝癖がついていることにさえ気づいていないのだろう。突然髪の毛を引っ張られたことに、首を傾げている。

「……なんでもない」

脩がパッと手を引くと、鉄平は不思議そうにしながらもすぐにニコニコと笑ってみせた。髪の毛には寝癖をつけて、重たいスクーターを押しながら馬鹿みたいに。かっこ悪く思うけれど、そんな気取らなさが心から愛しかった。

――そんな鉄平だから、脩は好きなのだ。

肩肘張らず、なにごとにもまっすぐな鉄平だから。

もう一度、信じてみたい。鉄平の隣を歩きながら、素直にそんな気持ちになれた。鉄平に好きだと告げることで、なにかが変わるかもしれない。鉄平ならば幸運にも惑わされず、自分とまっすぐ向き合ってくれるかもしれないと、そう信じたいのだ。

鉄平ならばこの心を覆う嫌な思い出を振り払って、灰色の雲に隠れた星空を見せてくれるだろうか。

自分にもまた恋ができると、そうであってほしいと切に願った。

梅雨が明け、街中がうだるような暑気《しょき》に包まれる季節になった。

しかし都内に聳《そび》える高層マンションの最上階には、そんな夏の気配など微塵《みじん》もない。空気に織りこまれているはずの熱気など嘘のように、そらぞらしいほど快適で過ごしやすかった。建物すべてが完璧に空調管理されているそうだ。

脩は軽く首を回し、大きな窓から夜の街を見下ろした。夜景は完成した一枚の絵画のように美しい。さらに下を覗きこもうと上体を傾けると、「動かないで」と怜一がキャンバスから顔を上げた。

「だめだよ、脩。あともう少しだから、じっとして？」

怜一にそう注意され、脩はげんなりしつつ元の体勢に戻る。

嫌々ながらまた静かに座っていると、怜一は満足そうに鉛筆を動かしはじめた。一体いつになれば解放されるのかと、脩はそっと溜息をつく。

ここは怜一が日本にいる間暮らしているペントハウスだ。一等地に建つ高層ビルの最上階にその空間はある。本宅はまたべつにあるらしく、早月が以前、『バカでかい洋館』と話していたことを思い出す。さしずめ、このペントハウスはアトリエというところだろうか。

脩がこの家に立ちよった理由は、本当は建築の作品集を借りるためだった。

イギリスで発行されたもので全十巻もある。すべてを揃えようと思うと、脩の給料一ヶ月分では済まない高価な書籍だ。怜一が所持していると知り、貸してもらおうと立ちよったまではよかった。しかしなぜか部屋に通されて、あれよあれよという間にデッサンのモデルにされてしまったのだ。

仕事の後なので、時間ももうだいぶ遅い。事務所を出たころにはすでに九時を過ぎていたから、もしかしたらもう日付が変わっているかもしれない。鉄平にもなにも言っていないのでおそらく心配しているはずだ。一刻も早く家に帰りたかった。

脩がこっそりと欠伸《あくび》をかみころすと、怜一からまたしても窘《たしな》めるような声が飛んできた。

「脩？」

しかしさすがに限界だ。脩はあからさまに顔をしかめる。

「そんなこと言われても、明日も仕事なんですよ。もう帰って寝たいんですけど……。だいたい、あと少し、あと少しって、もう聞き飽きましたよ」

脩の言葉に、怜一もようやくデッサン用紙から顔を上げた。壁に掛かった時計を確認し、おや、と肩をすくめる。

「もうこんな時間か。脩と一緒にいるとあっという間に時が流れていけないね」

ひと息ついて、怜一が鉛筆を手元のテーブルに置いた。

脩もずっと同じ体勢で椅子《いす》に座り続け、さすがに全身が硬くなっていた。ぐっと伸びをして体を解していると、ふと怜一に名前を呼ばれた。

「ねえ、脩」

「なんですか？」

伸びの姿勢のまま視線を向けると、珍しく真剣な表情を浮かべた怜一がすぐ傍に立っていた。

いつもの余裕めいた笑みはない。

「あの子はやめておきなさい」

「……あの子って、鉄平のことですか？」

真面目《まじめ》な顔をするからなにごとかと思えばまたそれか。さすがに辟易《へきえき》する。

第一、なぜ怜一にそこまで口出しされなければならないのだろう。たしかに怜一は脩の雇い主ではあるが、プライベートなことにまで口出しされる謂《いわ》れはない。

「なんで今そんな話になるんですか」

脩はうんざりした口調でそう答えた。相手にしていられないと、そのまま自分の荷物を取るため腰を上げる。

しかし待ちなさいと、低い声で引き止められた。

「冗談で言ってるんじゃない。これ以上深みにはまると、君が傷つくことになるから言ってるんだよ」

「どうしてそんなことが言い切れるんですか」

怜一の断定的な口調にムッとして、つい脩の表情が険しくなる。けれどいつもならば冗談めかしてあっさりと身を引く怜一の雰囲気が、今夜はひどく張り詰めていた。そんな怜一に、さすがに戸惑いを覚える。

「調べたからさ」

「調べたって……、どうしてそんなことを」

「当たり前だろう？　彼は目下のところ一番のライバルだからね」

なんでもないことのようにあっさりと言ってのける怜一に、脩は唖然としてしまう。常識外れなところがあることは知っていたが、さすがにこれはやりすぎだ。

脩は眉間に皺をよせ、怜一の目をきつく見据えた。

「そんなことをされて、俺が喜ぶとでも思ったんですか？　本当にそんな理由で人のことを調べたっていうなら、それはストーカーと同じですよ」

「そんな無粋《ぶすい》な言い方はやめてくれるかい？　僕はただ、君のことが心配なだけだ」

挑発的な脩の言葉に、怜一は軽く肩をすくめる。

「君は愛する人に幸運を与えるけれど、そのためにいつも自分の愛を失うだろう。それを何度も繰り返したせいで、君のここには今、深い傷がある」

怜一はそう言うと、すらりとした指先を脩の胸に軽く当てた。

「僕は君を癒《いや》したいんだ。なんなら、本当に僕の恋人になるかい？　すべてにおいて恵まれている僕ならば、君の幸運に頼る必要なんてないからね。脩は心置きなく僕に愛されていればいいんだよ。なにも恐れることなく、ただ僕だけを見ていればいい」

怜一の言いたいことはわからないでもないが、果たして自分で言うことなのだろうか。さすがに呆れ果ててしまう。

「ご心配ありがとうございます。……だけど、自分のことは自分でなんとかします。よけいなお世話ですよ」

それだけを言うと、脩は椅子から立ち上がった。これ以上怜一の詭弁《きべん》に付き合うつもりなどない。目当ての作品集を借りて、とっとと家に帰りたかった。

しかし、荷物をまとめて部屋を後にしようとしたそのとき。

怜一が思いもよらない言葉を口にした。

「彼がもし、幸運を目当てに君に近づいていたとしたら？」

怜一の発言に、脩は思わず足を止める。

鉄平が幸運目当て？　なにを根拠に言っているのかは知らないが、そんなことはありえない。そもそも、鉄平とは仕事を通じて知り合ったのだ。脩のあげシリのことなど知っているはずがないのだから。

しかし聞き流すこともできず、脩は無言で怜一の方を振り返った。

怜一は部屋の隅にある棚に向かい、その中から一枚の写真を取り出した。そしてその写真を手に、脩の傍に戻る。

「少し前に、君がよく通っていた店があっただろう？」

手にした写真を、怜一は脩に差し出した。

「去年の冬ごろ、彼もあの店によく顔を出していたようだよ。君はしばらく顔を出していなかったようだから、少し時期がずれて実際に会ってはいないかもしれないけれど」

脩は差し出された写真を受け取り、おずおずと確認した。

写真には、脩がよく顔を出していた馴染みのバーが写っていた。マスターと一緒に、脩も見覚えのある常連客がカメラに笑顔を向けている。そしてその隅に写っている男の姿に、脩はぎくりと目を瞠った。

偶然写りこんだのか、そこにはたしかに鉄平の姿があったからだ。

「……どうして」

脩は自分の目を疑ってしまう。

「彼はずいぶん熱心に君を探していたみたいだね。君のことをなにか知らないかと、いろいろな人に尋ねて回っていたようだよ」

そんなこと、一度も聞いたことがない。

鉄平とは事務所で初めて会ったはずだ。それ以前に自分を知っていたはずがない。それに、なぜ鉄平がゲイバーにいるのだろうか。そもそも、鉄平はノーマルだったはずだ。ゲイバーに通い詰めていたという事実にも納得がいかなかった。

鉄平が元々脩を知っていて、それを言わなかったわけ。

脩に告げられない理由があって、故意に隠していたとしか思えない。

そして、それをわざわざ隠す理由とは——。

鉄平を信じたいと決めたばかりだというのに、簡単に心が揺らいでしまう。脩が知っている鉄平との矛盾に、足元が音を立ててがらがらと崩れ落ちていく錯覚に襲われた。

「どうやって君の幸運の噂を知ったのかまでは定かではないけれど、それでも実際に会ったこともない君を必死になって探すなんて、おかしいじゃないか。……だけどその理由も、脩ならわかるだろう」

鉄平は、もともと不運な青年だ。

そんな鉄平があげシリの話を知って自分に近づきたいと思うことは、けっして不思議なことではない。むしろ普通の人間ならばそんな日々に嫌気がさして、多少のことには目を瞑《つぶ》ってでも不運から抜け出したいと願うのではないだろうか。

（……だけど、鉄平は）

しかし脩が知る限り、それを嘆いているようには見えなかった。買ったばかりの自転車が壊れても、大雨でずぶ濡れになっても、いつも大丈夫だと笑っていたはずだ。そんな鉄平だから、脩も惹かれていったのだ。

だけど、それだけが鉄平のすべてだと言い切ってもよいのだろうか。

頼るべき拠り所を失い、目の前が真っ暗になった。なにを信じればいいのかわからない。信じたいのに、信じられない――。

「ねえ、脩」

呆然とする脩に、怜一が穏やかに微笑んだ。

「僕と一緒にイタリアに行くかい？」

思いもよらない怜一の言葉に、脩は力なく顔を上げる。鉄平の話をしていたはずなのに、なぜイタリアに話が飛ぶのだろう。

「……どうして、いきなりそうなるんですか？」

「いきなりというわけでもないんだよ。実は、少し前から考えていたんだ」

怜一は脩の手元から写真を抜き取るとくすりと笑い、すぐにテーブルに伏せた。そして窓際まで歩き、夜の街並みを見下ろす。

「建築に携わるものならば、ヨーロッパの建造物を肌で感じることも大切だよ。あちらは街自体が美術館のように美しいんだ。日本とは歴史も街並みもまったく違うから、君にとっていい刺激になると思うしね」

「……つまり、勉強のためにということですか？」

「まあ、簡単にいえばそうだね。しばらくの間、イタリアで建築の勉強をしてみるのも楽しそうだと思わないかい？　君は僕の事務所の大切なスタッフだ。遠慮なんていらないよ」

怜一はゆっくりと振り返ると、優しく目を細めた。

「それに、一度環境を変えることで気分転換になるかもしれないしね」

おそらく、これが怜一の本音なのだろう。

いつも飄々《ひょうひょう》としていて摑みづらいところはあるが、実は怜一は情が深い。心配だという言葉のとおり、脩を元気づけようとしているのだろう。

「イタリアに……」

ぼそりと呟《つぶや》き、脩はテーブルに伏せられた鉄平の写真に視線を落とした。

写真の中の鉄平はどんな表情でいただろう。つい先ほどこの目で見たばかりなのに、ぼんやりと霞んで少しも思い出せなかった。

家に着いてマンションの扉を開けると、部屋は真っ暗なままだった。

十二時を過ぎたというのに鉄平はまだ帰っていないらしい。携帯を確認すると、アルバイトで遅くなるという内容のメールが届いていた。夕方には受信していたようだが、バイブ設定にしていてまったく気がつかなかった。

灯りを点《とも》すと、がらんとした部屋が浮かび上がった。今朝はふたりしてバタバタしていたので朝食の食器もそのままで、テーブルの上が雑然としている。なんだかそれが鉄平の名残《なごり》のように見えて、喉の奥がぎゅっとなった。もう少ししたら当の本人が帰ってくるのに、無意味な感傷だ。

脩はテレビもつけず黙々と食器を片付けた。無音の部屋に、食器が擦《こす》れ合う音だけが響く。

以前はひとりで住んでいたし、今だって年中鉄平といるわけではない。だから、これくらいなんということもないはずなのに、今夜はひどく心細い。

……怜一の言っていたことは本当なのだろうか。

スポンジに洗剤をつけながら、脩はぼんやりと先ほどのやりとりを反芻《はんすう》する。

鉄平は、事務所に来る前から脩のことを知っていたらしい。それどころか、自分のことを知らないかと、いろんな人に訊き回ってもいたという。

写真の隅に写っていた鉄平の横顔を思い出し、食器を擦る手が止まった。無意識にぐっとスポンジを握りしめると、指の間から泡が零れた。

しかしあんな写真、べつになんでもないのかもしれない。

たしかに鉄平があの店にいたことは証明されたけれど、だからといってそれが自分を知っていたという証拠に繋がるわけではない。怜一の考え過ぎかもしれないし、本人に確かめれば、あっさり笑い飛ばされておしまいかもしれない。

あげシリのために自分に近づいたなんて、そんなこと、あるわけがない――。

考え事に気をとられ、つるりと皿が脩の手から滑り落ちた。しまったと思ったときには遅く、食器はシンクの中でぶつかり合って割れてしまった。

いつもならば犯さないような小さなミスに、脩は思わず舌打ちする。今夜は考えることが多すぎて、食器を洗うことさえまともにできないようだ。

「っつ」

割れた食器を拾おうと手を伸ばすと、鋭い痛みが指先に走った。破片が人差し指に刺さったようだ。ぷつりと朱色の水玉が膨《ふく》れあがる。

（……動揺しすぎだ）

食器を割っただけでなく、怪我までしてしまうなんて。鉄平のことでここまでうろたえてしまう自分が、あまりに情けなくて涙が零れそうになった。

傷ついた指を庇《かば》うように、もう一方の手で包みこんだ。そのまま、熱くなる目元を腕で拭《ぬぐ》う。

それと同時に、リビングの扉が開く音がした。

「脩さん？」

リビングの入り口に、目を丸くした鉄平が立っている。ちょうど今帰宅したようだ。荷物も下ろさず、慌ててこちらに突き進んできた。

「どうしたんですか、いったい！」

鉄平が脩の肩をそっと摑み、心配そうにその顔を覗きこむ。泣いていると思われたのだろう。そのことがひどく気恥ずかしくて、脩は鉄平から顔を逸らした。

「なんでもない。ちょっと怪我しただけだ」

そう言って指の傷を見せる。

鉄平の眉がほっと開いた。

「……びっくりしたぁ。なにがあったのかと思いましたよ」

ちょっと待っていてくださいと、鉄平はリビングに向かい薬箱から絆創膏《ばんそうこう》を取ってきた。手にした絆創膏をいったん脇に置き、脩の手を取って蛇口の水で傷口を流しはじめる。

冷たい流水に、朱色の線はあっさりと消えてしまった。

「こういう傷なら、消毒液より水道水だけで流す方がいいんですよ。消毒液だと、細胞まで傷つけちゃうから」

ある程度水で流すと、鉄平は傷口以外の濡れた部分をタオルで優しく拭いてくれた。この程度の傷ならば自分でも十分処置できる。けれどなんとなくくすぐったくて、脩はそのまま鉄平に任せた。

「さすが医者の卵だな。手際がいい」

「こんなの、小学生でもできますよ」

脩が感心していると、鉄平が照れくさそうに苦笑を浮かべる。

そして絆創膏の保護テープを外しながら、鉄平がくすくすと頬を緩めた。

「だけど、このくらいの傷で泣くなんてちょっと驚きました。脩さんっていつもクールなのに、意外と血が苦手なんですか?」

「……泣いてない」

脩がムッとして否定すると、それがおかしかったのか鉄平はさらに声をころして笑い続ける。

「案外怖がりですね」

テープをすべて外し、鉄平が器用に絆創膏を巻いてくれた。鉄平はそっと目を伏せ、脩の指先だけを見つめている。その無防備な表情に、ふいに胸が痛くなった。

そうだよ、と脩はぽつりと呟く。

「怖がりなんだろうな、たぶん」

ごく自然に、飾り気のない本心が口から零れ落ちた。脩自身、自分がそんなことを思っているなんて知らなかった。それほどもろくて柔らかな、むき出しの心。

そんな脩に、鉄平がきょとんと顔を上げた。絆創膏を巻き終えたてのひらを大きな両手で包み、その目元を和らげる。

「わかりました。じゃあ、怖いものから全部、俺が守ってあげますね」

いつもと変わらない温かな笑顔だった。だけど今は、その優しさが胸に突き刺さる。

もしも、……もしもこの優しさが嘘だったとしたら?

脩にはとても耐えられない。今までの笑顔や言葉が嘘だったなんて考えたくもなかった。鉄平だけは今までの恋人たちとは違うと、そう思いたいのに。

たったひと言、事務所で出会う前から自分のことを知っていたのかと訊けばいいだけだ。たとえそれが真実だったとしても、なにか事情があったのかもしれない。あんな写真一枚でここまで動揺してしまう自分を愚かしいと感じてしまう。

そもそも、なにが真実なのかなんて、本人にしかわからないのだ。限りない星の中からたったひとつを探し出すような、そんな奇跡みたいな確率でもいい。それでも、脩は鉄平の愛情を信じたかった。これまでもらった言葉がすべて本当なのだと、他の誰でもない鉄平自身に信じさせてほしいのだ。

それなのにどうしても、たったひと言が声にならない。

鉄平が本当に幸運のために自分に接近してきたのだとしたら……、そう思うと恐ろしさのあまり唇が動かなくなるのだ。

脩にだってプライドはある。それならそれでこっちから振ってやればいいだけだ。これまでだって散々鉄平をあしらってきたし、他のあげシリ目当ての男たちもそうやっていなしてきた。

――けれどそう思うのに、今となってはそれもできない。

「あとは俺がやっときます」

鉄平はそう言うと、そっと掠めるようなキスをくれた。

温かなその感触が、唇に残る。

この優しさがまやかしだったとして、鉄平を手放すことを自分は選択できるのだろうか。

割れた食器を片付ける鉄平の背中を、ただぼんやりと眺めていた。

6

「おめでとうございます！」

入館と同時にファンファーレが響き渡り、鮮やかな青い制服の集団がわっとふたりを取り囲んだ。なんだ、と思う間もなく、脩の頭上に貝殻を模した王冠がのせられる。隣にいる鉄平の首には、バルーンでできたラメ入りのタコが巻き付けられていた。

一体なにごとかと、ふたりは顔を見合わせる。ずいっと、マイクを持ったイルカが脩たちに迫ってきた。

正確にはイルカの着ぐるみが、である。

「おめでとうだクゥ！　ふたりは百万人目のお客様なんだクゥ！」

イルカの声に合わせて、館内がわっと拍手で溢れかえった。なんだか芸能人にでもなったみたいだ。カシャカシャと無数のフラッシュに包まれる。

ここは、脩たちの住む隣県にある水族館だ。

ふたりは少し遠出をして、朝から水族館に来ていた。海岸沿いに位置する、なかなか大規模な水族館である。鉄平がスクーターにガソリンを入れたときに、そこのくじで入館チケットを当てたらしい。マンションに戻るなり、鉄平が興奮した様子で当選チケットを見せてくれた。

脩はまたかと思いこそすれ、もう驚くことはなかった。

あれからも小さなラッキーが続き、あげシリが効いていることはもはやごまかしようがなかったからだ。しかしその水族館でまさか記念入場者になるとは思わなかった。無数の人に取り囲まれ、足元がそわそわと落ち着かない。

ちなみに鉄平はといえば、この状況を素直に喜んでいるようだった。イルカが向けるマイクに向かって、ペアの入場券が当たったところからニコニコと語り出している。あまり注目されることが得意でない脩は、この場は鉄平に任せてそっとその陰に隠れた。

――鉄平がずっと前から脩のことを知っていた。

そのことを脩が聞かされた日から、気づけば半月近くが経とうとしていた。

けれど一見、なにごともなかったような穏やかな日々が続いている。ふたりはあいかわらず脩のマンションで一緒に暮らしているし、脩も今までと変わらず鉄平に接していた。

もちろん、その心境は複雑だ。鉄平がなにを考えて自分と一緒にいるのか、そしてなにを目的として近づいてきたのか。そのことばかりが頭を巡って、昼も夜も苦しい。それでもやはり、脩は鉄平になにも尋ねられないままだった。

それにしても、こうして人に取り囲まれることが、ここまで重労働だったとは。

お祭りのような騒ぎが終わり、ふたりが館内を巡りはじめたころには脩はすっかり疲弊《ひへい》しきっていた。体力を消耗し、げんなりと水族館の通路を進む。しかしそんな脩とは対照的に、鉄平はピンピンしていた。実際の受け答えはほとんど鉄平がしていたはずなのに、この体力の違いはなんだろう。

「いきなりでびっくりしましたね。脩さん、ちょっと疲れちゃいました？」

いたわるように、鉄平がこちらの表情を覗きこんでくる。

大丈夫、と笑い返した。

「ちょっと驚いただけ。……つーか、さっき撮られた写真、どうなるのかな」

「水族館のホームページに載せるそうですよ。顔は出さないって言ってましたけど」

モザイクかかっちゃうのかなとどこまでものんきな鉄平に、脩も思わず噴き出してしまう。

「それにしてもすごいですよね。なんかいろいろもらえたし」

そう言って、鉄平は脇に抱えたイルカのぬいぐるみを掲げた。記念品ということで、先ほどのイルカの人形をもらったのだ。どうやら、ここのイメージキャラクターらしい。キャラクターの名前は『クウちゃん』というそうだ。それでなのかと、「クウゥ」という語尾に納得する。

「ぬいぐるみでしょ。それに年間パスポートも。ちょっと遠いけど、また来たいですよね。次はいつにしましょうか」

鉄平は上機嫌でにこにこと満面の笑みを浮かべる。

しかし、次、という鉄平の言葉に、脩の心がふっと沈んだ。果たして本当に次があるのだろうか。そんな暗い考えが頭をよぎる。

しかしすぐに笑顔をつくり、脩は巨大水槽を指さした。

「……次のことより、まずは今日だろ？　ほら、あっちで鮫《さめ》の餌《えさ》やりがあるって。早く行かないと、いい位置とられるぞ」

脩は明るくそう言って、鉄平を巨大水槽へと促す。

水槽の周りにはすでに人だかりができていて、脩たちもその後ろに並んだ。少しでもよく見えるように、頭と頭の間から水槽を覗きこむ。

ゆったりと揺れる水面に合わせて、多角形の光がゆらゆらと魚たちを照らしていた。幻想的なアクアブルーに、脩はすっかり釘づけになってしまう。

そんな中、大きな体を縦にして立ち泳ぐ巨大な鮫の姿が目に入った。

水面すれすれに口を近づけて、飼育員の流しこむ餌を大口で食べていた。食べるというより吸いこむと表現したほうが正しいだろうか。

そのあまりの迫力に、脩は感嘆の息を漏らす。

「すごいな、本当にでかい……」

「ですね。鮫っていうより、でかい柱みたいです」

鉄平の言うとおり、鮫の巨体は水槽の中で渦巻く水柱のようにも見えた。そしてそんな鮫の姿を遮るように、ガラスすれすれの位置を一匹のエイが優雅に翻《ひるがえ》っていく。思わず、わっと声を漏らしてしまった。同じ歓声があちこちで湧き起こる。

最近は追われるように日々が過ぎて、こうしてゆっくりすることもできなかった。鉄平のこともあるけれど、いろんなことに疲れていたのかもしれない。悠々と泳いでいる魚たちを眺めているとずいぶん心が穏やかになった。

鉄平も楽しそうに次々と視線を移している。無意識に脩の表情が緩む。

せっかく鉄平とこうしているのに、出口のない考え事に時間を費やすなんてもったいない。脩はそう自分に言い聞かせ、海の箱庭をぼんやりと眺めた。

大抵のことはなんとかなるからという、いつか鉄平にもらった言葉を思い出す。きっとそうなる。そうなってほしいと、願わずにはいられなかった。

ふいに、少し離れた先に人垣ができていることに気づいた。水中回廊の辺りだ。なにかイベントでも始まるのか、がやがやと賑わっている。吸いこまれるように人の数がみるみる膨らんでいく。

鉄平が脩に目を向け、相好を崩した。興味津々《しんしん》なようで、瞳をキラキラと輝かせている。

「あっちにもなにかあるみたいですね。行ってみましょうか？」

「だな」

誘われるまま、脩は鉄平に微笑み返した。

家に帰り着くなり、脩はなだれこむようにソファに体を沈めた。

楽しかった一日も終わり、辺りはすっかり暗くなっている。あれから水族館を一巡りして、海沿いの遊歩道に向かった。海辺には飲食店や博物館などが立ち並んでいて、店を散策しているうちに気づけば日が暮れていた。

終日歩きどおしでくたくただったが、ここしばらくの鬱々《うつうつ》とした気分が晴れて頭は妙に冴えている。行ってよかった。鉄平といるとあっという間に時間が過ぎる。特に今日は日常を離れていろんな場所を巡ったからか、ことさら心弾む一日だった。

海を離れる間際に見た、凪《な》いだ海を思い出す。

空と海との境界に溶けゆく夕陽がとてもきれいだった。耳をくすぐる少しだけ遠い波のさざめきが、今も耳に残っている。もうすぐ夏は終わってしまうけれど、近いうちにまた鉄平と海に行ってもいいかもしれない。

脩がそんなことを思っていると、傍らに立つ鉄平がそっと声をかけてきた。

「ちょっとは気分転換できました？」

「……え？」

思いもよらない鉄平の言葉に、脩は顔を上げた。

どことなく、その表情が寂しげに見える。

「脩さん、このところずっと落ちこんでるみたいだったから」

態度に出しているつもりはなかったが、鉄平は脩の異変に気づいていたようだ。もしかしてチケットが当選したというのはただの口実で、それで脩を外に連れ出したのだろうか。

「そんなに暗い顔してたか？」

少しだけ、と鉄平が苦笑した。

「なんとなく、そう感じてたってだけですよ。……あの、なんで様子がへんなのかは、訊いちゃだめですか？」

脩の様子を確かめるように、鉄平は穏やかにそう尋ねる。脩を追い詰めないようにと、気遣ってくれているのだろう。

「……仕事が忙しくて、ただ疲れてただけだ」

できるだけ平坦な口調でそう答えるが、鉄平の顔をまっすぐ見ていられなくて、脩は自分の膝に視線を落とした。これではなにかあると言っているようなものだ。てのひらにじわりと汗が滲む。

そんな脩の様子に気づかないはずはないのに、鉄平は笑ってうなずいた。

「わかりました。……じゃあ、もしなにかあったら、そのときは話してくださいね？」

本当はわかっているのに、脩が言いたくないのならとこれ以上は追及せずにいるのだろう。

そんなさりげない鉄平の優しさが、どうしようもなく好きだと思った。

たまらず、脩は鉄平を見上げる。

……すべてを打ち明けたい。そんな衝動が脩の胸を揺さぶる。本当のことを訊きたい。鉄平の本心を確かめたいのだ。

それなのに訊きたい気持ちと同じくらい、知りたくないという恐怖心がむくむくと膨らんでいった。いつもそうだ。真実を確かめたいのに、最悪の事態ばかりを想像してしまってその場から一歩も動けなくなってしまう。

けれど、このままでいられないことくらい脩にだってわかっていた。危うく重ね上げた積木のようなバランスで、いつまでも一緒にいられるわけがないのだ。

「脩さん」

鉄平がどこか落ち着かない様子で脩の名前を呼んだ。

「ちどり荘が完成したら、脩さんも一緒に暮らしませんか？」

こころなしか、その声がかすかに震えている。緊張しているのだろうか。そんな鉄平に、脩の胸がぎゅっと切なくなった。

その誘いが嬉しくないはずがない。しかし今の状態で、鉄平の言葉を受け入れることはできなかった。あの家で鉄平と一緒に暮らせたら、どれだけ幸せだろう。心からそう思う。けれど、それには脩は臆病すぎた。

脩はわざと、呆れたように肩をすくめてみせる。

「お前、まだそんなこと言ってるのかよ。引っ越しが面倒だから嫌だって、いつもそう答えてるだろ?」

「ちゃかさないで、ちゃんとこっちを見てください」

しかしそんな脩を、鉄平は真剣な眼差しで見据えた。その硬い声音に、脩の心臓がどきりと跳ねる。

「俺、本気ですよ。家が完成しても、脩さんとずっと一緒にいたい。ちゃんと恋人どうしになりたいんです」

鉄平は痛いくらいに切実な目をしていた。脩をじっと見つめて逸らそうとしない。

もうごまかせない。

脩はそっと顔を伏せた。

脩だって、本当は鉄平とずっと一緒にいたい。飽きるほど傍にいて、水族館にだってまた行きたかった。しかしこれまでの失恋の傷や鉄平への疑心は、脩の胸の中で際限なく膨らみ続けて止まらない。心に鍵をかけて必死に閉じこめようとするけれど、わずかに開いた亀裂からすぐに溢れ出すのだ。

鉄平と過ごすためには、その痛みから目を逸らし続けることは不可能だった。鉄平からも、自分の心からも、もう逃げるわけにはいかない。

脩はそっと唇を噛み、ひと呼吸おいて鉄平を見つめた。

「俺と一緒に住みたいって言ったな」

「……はい！」

脩が真面目に取り合おうとしていることが伝わったのか、鉄平の表情がパッと明るくなる。

「じゃあ、俺からもひとつ訊きたいことがある」

しかし思わぬ切り返しに驚いたようで、鉄平がきょとんとこちらを見返した。脩は覚悟を決めて、唇を開く。

「お前と俺が初めて会ったのは、お前が事務所に来た日でいいんだよな？」

次の瞬間、鉄平の瞳が大きく揺れた。

今までに見たことがないほど、鉄平は顔中に困惑の色を浮かべている。明らかに様子がおかしかった。ひどく緊張した面持《おもも》ちで脩を見つめている。

「……どうして、そんなことを？」

「いいから、答えろよ。……どうなんだ？」

鉄平はぐっと息をのみ、いえ、と小さく首を横に振った。

一度だけ、と呻《うめ》くように漏らす。そしてひどく心苦しそうに、けれども明瞭な口調で続けた。

「一方的にですけど、俺は脩さんを見かけたことがあります」

鉄平が脩を知っていたという話は本当だったらしい。その事実に愕然とするが、脩は動揺を隠して静かにうなずいた。まだ、本当に訊きたいことはこの先にある。

脩は鉄平を見上げ、できるだけさりげなく口を開いた。

「おかしな話かもしれないけど、俺と付き合ったやつらはみんな幸せになるんだ。運に恵まれたり、夢が叶ったり。普通ありえないよな、そんなこと。俺だって最初はそう思ってた。全部、ただの偶然だって。……だけど鉄平自身も、最近の自分を振り返れば思い当たることはあるんじゃないか？」

脩は挑むような眼差しを鉄平に向ける。

「俺と付き合ったやつは、みんな幸せになるんだ」

もう一度、脩は重ねてそう告げた。

「……そのことも、お前は知ってたのか？」

脩の問いに、鉄平は口を開きかけ、しかしすぐに閉じた。言葉を選んでいるのか、切なげに眉間《みけん》に皺をよせる。重苦しい沈黙の後、鉄平がそっと口を開いた。

「はい……」

今にも泣き出しそうな顔で、鉄平がうなずく。

すみません、と消え入りそうな声を零し、がっくりと項垂《うなだ》れてしまった。驚きと焦り、そして罪悪感が入りまじったような表情をてのひらで覆い隠す。

（まさか、本当に……）

鉄平の返事に、脩の視界が真っ暗になった。

最悪な想像なんて何度もしていたはずだが、本人の口からはっきり宣言されるのとはわけが違った。崖から突き落とされたような絶望感に吐き気さえする。まさか本当に、鉄平があげシリのことを知っていたなんて。

怜一の言っていたことはすべて本当だったのだ。

本当に、鉄平は幸運のために自分に近づいたのだ。

だけど、と鉄平が弾けたように顔を上げた。そしてまっすぐ脩の瞳を捉える。

「たしかに、俺はあの事務所を訪ねる前から脩さんのことを知ってました。……それに、脩さんがあげシリだっていう噂も。だけど、それは……」

「もういい」

脩は吐き捨てるように鉄平の言葉を遮った。

これ以上鉄平の言い訳なんか聞きたくない。今さらなにを言われたところで信じられるわけがないではないか。

「聞いてください、お願いします！」

しかし、鉄平は縋《すが》るような目で脩を見つめる。

「……初めは、たしかにあげシリの噂を聞いて脩さんに近づこうとしてた。それは本当です」

呼吸が、止まるかと思った。

自分のあげシリを目当てに近づいてきたのだと、鉄平本人がそう告白している。言葉は鋭いナイフになって、脩の心を刺した。心の奥に深く突き刺さったまま動かない。

「だけど、一目脩さんを見た瞬間に、そんなことはどうでもよくなったんだ」

鉄平は、苦しそうにそう続けた。

「脩さんを見た瞬間、すぐにわかった。まるで、雷《かみなり》に打たれたみたいな衝撃だったから。俺はこの人が好きなんだって、……理屈じゃないんです」

なんて都合のいい言い訳だ。脩は屈辱に唇を噛む。

初めからわかっていたのだ。ごく平凡な自分に、ゲイでもない鉄平が一目惚れなんてするはずがないと。……わかっていたのに、鉄平に愛されていると信じたかった。運命なんて甘い言葉に踊らされて。

本当に、なんて愚かだったのだ。

「信じてください、本当に……、本当に脩さんのことが好きなんです！」

「もういいって言ってるだろ！」

これ以上は耐えられなかった。

あとひと言でも鉄平の言葉を聞いてしまったら、刺さったままのナイフが抜けてしまう。おびただしい血とともに、この心は張り裂けてしまうかもしれない。

脩は深く息を落とす。

「べつに、どうでもいいんだよ、そんなこと」

脩はわざと軽い様子で口を開いた。

「それに、俺もお前に言わないといけないことがあったんだ」

なに、と思う間もなく、口が勝手にそんなことを言っていた。自分の発言に、脩自身が驚いてしまう。

「怜一さんに、一緒にイタリアに行かないかって誘われてる」

鉄平の顔が一気に青ざめる。

「一緒にイタリアって、なんでそんなこと！」

「こないだ誘われたんだよ。……それで、行くことにした」

見えない糸に操られているかのように、勝手に口が動いていた。やめないとと思うのに、次から次へと言葉がぽろぽろと滑り落ちて止まらない。なぜこんなことを鉄平に話しているのか、自分でも理解ができなかった。

脩の発言に、鉄平が信じられないというように表情を曇らせる。血相を変えて脩の両腕を掴み、そのままソファの背もたれに押しつけた。

「なに馬鹿なこと言ってるんですか！」

そんなことはありえないと、脩に懇願するような目を向ける。

しかし、鉄平がなぜこんなに怒っているのか、今となっては納得がいかなかった。幸運のためだけに自分を束縛しようとするのなら、鉄平もこれまでの恋人と変わらない。自分の気持ちなんてどうだっていいのだろうかと、脩の心が硬い殻で覆われていく。

「馬鹿なことだろうと、お前には関係ないだろ？」

そう言って、脩は鉄平の胸を力強く押し返した。

「鉄平が俺のあげシリ目当てで、かえってよかったよ。本気で好きなんて言われてたなら、さすがに言い出しにくかったからな」

不覚にも、自分自身の言葉に傷ついてしまった。鉄平が自分のことを好きではないという事実が、今さらながらひどく胸を抉《えぐ》る。

もちろん本気でこんなことを思っているわけではない。けれど、湧き上がる悔しさはとても抑えきれるものではなかった。鉄平のことが本当に好きだから、ただもうつらくて、苦しくてどうしようもない。

「脩さん、俺は本気で……」

言うな、と鉄平を睨みつける。

「好きなんて、二度と言うな。聞きたくない。……むしずが走る」

脩はそう吐き捨てると、それきり鉄平から顔を背けた。

鉄平は脩の腕を摑んだままで、悄然と呟く。

「……あの人とイタリアなんて、いくらなんでも嘘ですよね？」

「嘘だと思うなら、怜一さんに訊いてみればいい」

脩のすげない返答に、鉄平の手の力がわずかに緩んだ。

「いつから、決めてたんですか？　イタリアに行くって」

「半月前くらいかな」

「好きなんですか？　あの人のことが」

「……ああ」

うっかり、声が震えそうになってしまった。

なぜこんな嘘をついているのだろう。自分が自分ではないみたいだ。つらくてたまらず、脩は窓の外に目を向けた。カーテンの隙間から覗く夜の闇に、ひどく心細くなってしまう。

「じゃあ、どうして……」

腕を摑んでいた鉄平の力が、ぎゅっと強まった。

「……っ」

「それならどうして、俺とこうして一緒にいるんですか？」

あまりの力に、脩は驚いて鉄平を見返す。

「脩さんは、……言葉にしてくれないけど、本当は俺のことが好きなのかと思ってました」

鉄平の発言に、カッと血が上った。

「そんなわけないだろ、思い上がるな！」

「それならなんであんな……、他に好きな人がいるなら、どうして俺とキスなんかしてたんですか？」

悲痛な表情で迫られ、胸の辺りがぎゅっと苦しくなった。なぜ鉄平がそんな顔をするのだろう。泣きたいのはこちらだというのに。

ふたりの間に、沈黙が広がる。

脩はゆっくりと唇を開いた。

「……言っただろ、情はあるって」

「情って、……そんな」

鉄平は、愕然と目を見開いた。

「俺は、脩さんに嘘をついてました……」

鉄平がまっすぐに脩の瞳を捉える。嘘をつけない鉄平の素直さが今は憎らしい。

「だけど、脩さんだって同じくらいひどい。他に好きな人がいるなら、……俺が脩さんの家を出て行ったあの日、迎えに来てほしくなんかなかった！」

鉄平は脩の答えも待たず、ぐっとその体をソファに押しつけた。強い力にひるんだ隙に、そのまま強引に唇を奪われる。

「んっ」

無理に唇を舌でこじ開けられ、そのまま口内に侵入された。

萎縮する舌を大きく舐め上げられると、体がびくりと揺れてしまう。何度も角度を変えながら、あますところなく脩のすべてを吸い尽くしていった。

鉄平は握りしめていた腕から手を離し、脩の頭をしっかり包みこんだ。体を引こうとするけれど、鉄平はそれを許さない。口蓋《こうがい》を舌先でなぞられ、脩はぎゅっと目を閉じた。背面には背もたれがあり、逃げ場を奪われる。

思いもよらぬ強引なキスに、鉄平から離れようとその顔を押し返した。

「や、……めろっ！」

鉄平の顔に指先がぶつかり、爪でその頬を掻いてしまう。爪で描いた流線に、うっすらと鮮血が滲んだ。

ようやく唇を離すと、鉄平は切なげに顔を歪めていた。

「どうして？　いつもしてたじゃないですか。……今朝だってこのソファでキスをしたら、脩さんは笑ってくれた。昨日も、その前の日も、毎日、毎日、数えきれないくらい！　心ではあの人とイタリアに行くって決めていて、それなのに……」

そう言うと、鉄平はぎっと歯噛みする。そしてふたたび口づけられ、激しいキスを与えられた。溢れそうになる唾液もそのままに、ひたすら口内を蹂躙《じゅうりん》される。

鉄平が無理に奪うようなキスをするなんて、脩にはとても信じられなかった。これまでどれだけ優しく扱われていたのかがよくわかる。その気持ちが恋ではなくても、鉄平はいつも自分を大切にしてくれていたのだ。

激しい波のような口づけに、心がひどく渇いていった。

それでも、脩は鉄平の行為を心からは拒めなかった。触れられた箇所から悦びが湧き上がってくるのだ。鉄平が自分を見ている。自分だけを。ただそれだけのことがこんなにも嬉しいなんて。どこまでもあさましい自分が情けなかった。

どんなに強引な愛撫でも、鉄平にされることならばすべて許せてしまうのだ。

脩は体から力を抜き、やがて鉄平のキスに応えはじめた。受動的ではあるけれど、鉄平の熱の動きに従う。

「ふっ……」

しかしキスを続けながら、鉄平がその指を脩の体につっと這わせた。

頬から首筋へと下りていき、鎖骨をさらりと撫でられる。そのまま腹まで下がって、シャツ越しに肌を辿っていった。たったそれだけで、鉄平の触れる箇所すべてが火傷《やけど》したみたいに熱くなってたまらなくなる。

鉄平の手が脩の胸にたどり着き、乳首の上で止まった。そして、指の腹を布越しにつっと押しつけられる。

さすがにこれ以上はだめだと、脩は真っ青になってしまう。

「……やめっ」

鉄平の手が、触れている。

脩は必死になって鉄平の腕の中でもがいた。これまでは鉄平からは触れられないようにと、多少強引にでも脩から愛撫を与えるばかりだった。だからこんなふうに逆にされると、心臓が壊れたように高鳴ってしまう。

このまま鉄平に触れられ続けたら、自分はきっとこの先耐えられない。

それなのに鉄平は、脩をその腕から解放しようとはしなかった。これまでの鉄平ならば、脩が嫌がる素振りを見せればいつだって引いていたはずだ。けれど今の鉄平は、脩が抵抗するほど強引に触れてくる。

鉄平の指が、脩の胸の上でくにくにと動く。

火種が燻《くすぶ》っているような感覚に、脩の息が弾んだ。刺激されるうちに、胸の粒が少しずつ鋭敏になっていく。衣服を挟んだ焦れったさが、かえって情欲を煽るのだ。シャツの下で膨らむそこを弄《いじ》られると、それだけで腰が浮きそうになった。

「ん……」

胸を刺激されるほどに、脩の体の中心が疼いていく。直接触れられてもいないのに、じわじわと快感が蓄積されていく。

たまらず体を捩《よじ》ると、鉄平の膝が脩の股に割りこんできた。それ以上閉じられなくなり、脩は鉄平を睨みつける。

「鉄平、いい加減に……」

脩の抗議など聞かず、首筋に鉄平の唇が落ちてきた。きつく吸い上げられ、つきんとした痛みに体が震える。

脩の首筋に舌を這わせつつ、鉄平の手は熱を宿した下肢へと伸びていった。

「……っつ！」

言いようのない感覚に、脩は短く声を上げる。

まだ衣服の上からだというのに、電流が流れたように体が痺《しび》れた。そのままジーンズをくつろげ、下着の中にまで鉄平の指が侵入してくる。

直接性器に触れられ、その感覚に目の前がチカチカした。鉄平のてのひらで大きく握りこまれる。上下に動かされると、すでに欲望を湛《たた》えていたそこはその動きに過敏に反応を示した。

性急な愛撫にさえ、びくびくとわないてしまう。

強さや速度が徐々に増し、眠っていた欲望を体の奥から強引に引きずり出された。緩急をつけて強引に刺激され、脩の視界が快感にぼやけていく。

堪《こら》えきれず喘ぎが漏れた。自分では制御できない快楽の波に、脩はただ、胸を弾ませることしかできない。

「は、…あっ」

脩の性器は完全に育ち、先端からは欲望の蜜がじわじわと溢れ続けていた。悦びが体中を迫《せ》り上がり、脩は背中を震わせる。

「は、放せ……！　頼む、からっ」

人の手によってもたらされる強制的な快感に、抗《あらが》う術《すべ》などあるはずがない。脩は自分を支配する快感から逃《のが》れたくて必死に身を捩った。けれど鉄平は、脩を追い上げる手の動きを止めようとはしない。それどころか中心の震えに合わせて、さらに手の動きを激しくしていく。

このままでは、本当に達してしまう――。

「いや、だ……！」

必死に逃れようと仰《の》け反《ぞ》る脩の体を捉え、鉄平はまたしても深い口づけを与えた。

舌先で口蓋をなぞられると、背筋に冷たい震えが走る。同時に下肢もきつく扱《しご》かれ、脩の体に電気が流れた。すべてを支配するようなキスにもがきながら、脩はきつく瞼を閉じる。

「んっ、…んう！」

脩の体を言葉にならない喜悦が駆け上がり、ぱちんと弾けた。

自分でも信じられないほどの欲望が、脩のそこから放たれる。半分衣服に収まった状態で、どろりと粘液が溢れていった。その感覚があまりに惨めで、涙が勝手に零れ落ちる。

そんな脩の様子で我に返ったのか、鉄平は一気に顔色を失くしていく。

そして、すみません、と脩の体をきつく抱きしめた。

「すみません、すみません……！」

脩を抱いたまま、なぜか鉄平まで落涙していた。脩の肩に顔を埋め、声をころして泣いている。その肩に、涙の濡れた感覚がじわりと広がった。

ひどいことをされた。嫌だと言っても聞いてくれず、むりやり射精させられた。悔しくてたまらないのに、鉄平の様子があまりに頼りなく見えて胸が苦しくなってしまう。

脩は無意識に、鉄平の背中に腕を伸ばしかける。おずおずと、その儚《はかな》い存在を抱きしめようとした。

しかし「好きなんです」と呟く鉄平の声に、脩はぴたりと手を止めた。

ぷつんと、脩の中で張り詰めていたなにかが切れてしまう。

「好きなんです、脩さんのことが」

「……っ！」

気がつくと、脩は鉄平の頬を思いきり殴りつけていた。

座っていたのでそれほど強い衝撃ではなかったはずだが、鉄平はそのまま尻から床に倒れこんだ。そして高い位置にある脩の顔を呆然と見上げている。

「脩さん……」

自分を騙していたくせに、まだそんなことを言うのか。

怒りで、体中が震えた。

許さない。

許せない。

この期《ご》に及んで、好きだなんて。

――まだ、そんな嘘をつくなんて。

「信じられるわけないだろ！」

脩はそう言い残し、勢いよくソファから立ち上がる。そして鉄平を残し、マンションを飛び出た。自分を呼ぶ鉄平の声が聞こえたけれど、一度も振り返らずにその場を後にする。

次から次に涙が零れ落ち、てのひらで拭ってもすぐに頬が濡れた。怒りや悲しみ、言葉にならない激情に突き動かされるように、ただただ足を動かし続けた。

7

青々と澄み渡る空に、厳《おごそ》かに祝詞《のりと》が響き渡る。夏も終わりだというのに、照りつける日差しは熱く、脩の肌をじりじりと焦がした。

解体工事も無事終わり、今日はちどり荘の地鎮祭《じちんさい》が執り行われている。

家を建てる前の、土地の神様を鎮めるための儀式だ。出席者は建築家である脩と、実際に工事を行っていく工務店の職員、そして鉄平の三人だけだった。鉄平は珍しくスーツに身を包み、脩の隣で粛然《しゅくぜん》と姿勢を正している。

つつがなく儀式が終わり、脩はほっとひと息ついた。すっかり更地になった土地を見渡し、どこか切ない心持ちになった。鉄平は今、どんな気持ちでいるのだろう。

ここまでくればあとは依頼している建築会社が実際に家を建てていくことになる。設計士として現場に顔は出すけれど、脩の出番はもうほとんどない。もちろんこれからが本番なので、身が引き締まる思いだけれど。

あの日から、脩はいっさいプライベートで鉄平に会っていなかった。

同居していた期間は三ヶ月と少し。長いようで、あっという間だった。

ああなった以上、鉄平と一緒に暮らしていくことはとても無理だった。唯一交わした個人的な会話といえば、マンションにある荷物を持ち帰れという電話だけだ。鉄平が荷物を引き取るときも脩はあえて外出し、徹底的に顔を合わさないようにしていた。今、鉄平がどこに住んでいるのか脩は知らない。気になるけれど訊くことはなかった。

それからも鉄平からの連絡で携帯がしょっちゅう鳴っていた。必死に謝ろうとしてきたけれど、脩はそのすべてを無視した。電話を取ってしまったら、未練がましく鉄平に会いたくなることは目に見えていたからだ。

そして今では、その電話もなくなっている。

ちどり荘に関しての連絡は事務所にくるので、ふたりはいつの間にか建築家と施主という関係に戻っていた。とはいえ、表面上はすっかり落ち着いたふたりだが、心の内では簡単に整理がつくはずもなかった。事務的な会話を交わすだけでも、脩の心はひどくさざめいてしまう。

やはり今でも、鉄平の存在は脩の中で大きいままだ。

ふと鉄平と目が合い、脩の胸がぎくりと弾んだ。

「あ……」

なにか言わなければと口を開くが、それよりも先に鉄平が頭を下げた。

「今日は、ありがとうございました」

そう言って、鉄平が微笑む。いつもの鉄平の笑顔に、喉の奥がぎゅっとなった。

しかしそんな気持ちを押し隠し、脩は冷静に受け答える。

「これからようやく着工です。お礼なんてまだ早いですよ」

敬語を使う脩に距離を感じるのか、鉄平がかすかに目を伏せた。

「そうですね。……だけど、立ち会ってくれただけでも嬉しかったから」

「仕事です」

ひどく冷たい言い方になってしまった。自分の口調にぎくりとするが、今さら取り繕《つくろ》うこともできず、脩はそのまま口を閉ざした。

本当はもっとドライに付き合いたいのに、鉄平に関してはどうしてもうまくいかない。もともと、恋なんてろくなものではないとわかっていたはずだ。苦しい想いはしたけれど、鉄平と離れることになって結果的にはきっとよかった。脩は自分に言い聞かせる。

しかし頭ではそう考えても、心を制御することなんてできなかった。気持ちはやはり鉄平にあるからか、必要以上に素っ気ない態度になってしまう。もっと余裕を持ちたいのに、どうしてこうも空回ってしまうのだろう。

脩は軽く息を吐き、鉄平を見返した。

「実際の工事が始まるまでに、お伝えしておきたいこともあります。近いうちに、一度事務所にいらしていただけますか?」

工事が始まってからではもろもろの変更が容易ではないので、最終確認をしておく必要がある。鉄平もわかりましたとうなずいた。

それでは、と脩がその場を離れようとすると、ふいに鉄平に呼び止められた。

「あの！」

ひどく切羽詰《せっぱ》まった様子で、鉄平が体を強張らせている。なにを言い出すのかと、脩は我知らず緊張してしまう。

「……なにか？」

見つめ合うふたり。硬い沈黙が広がる。

数秒置いて、いいえ、と鉄平が軽く頭を横に振った。

「忙しいのに、呼び止めてすみませんでした」

そう言うと、鉄平は笑って会釈《えしゃく》をする。それはどう見ても無理につくった笑顔で、脩はひどく苦しくなった。

なぜ鉄平がそんな顔をするのか、脩には理解できない。鉄平はもう幸運を摑んだはずだ。これまでの恋人たちは、脩と別れたあともずっと上り調子だった。今となっては必要最低限の会話しか交わさないのでわからないが、きっと鉄平もうまくいっているはずなのだ。

それとも、今までが不運すぎたので、こんな自分でも傍にいないと不安なのだろうか。そう考え、脩の胸がちくりと痛んだ。

「失礼します」

脩はそう言うと、さっさとその場を後にする。

こんなくだらない感情に振り回されるのは、もうごめんだ。一日も早く、平穏な毎日を取り戻したい。脩は足早に社用車を停めているパーキングへと向かった。

しかしパーキングに戻ると、乗ってきたはずの社用車はなく、そこには代わりにブルーのオープンカーが停車していた。違反をした覚えはないが、レッカー移動でもされたのだろうか。

脩は慌てて駐車していた場所へと駆けよる。

しかし、その場に着いてギョッとした。運転席に、怜一の姿があったのだ。

「おつかれさま」

思いもよらない怜一の登場に、脩は呆然と立ち尽くした。

「……神出《しんしゅつ》鬼没《きぼつ》ですね。ていうか、停めてあった車は？」

「小さなことは気にしないことだよ」

怜一はにっこりと微笑むと、車を降りて助手席の扉を開けた。まったくもって小さなことではない気がするのだが。

どうぞ、と促され、そのキザな仕草になんだか体の力が抜けてしまう。

少しだけ笑い、素直に助手席に乗りこんだ。

「いい地鎮祭だったね。工事もきっとうまくいくよ」

どこからか地鎮祭を見ていたらしい。車を発車させながら、怜一はそう話す。

「そうですね。まあ、なにがあってもうまくいかせますけど」

「さすが、脩。頼もしい限りだ」

怜一はハンドルを握りながら、誇らしげに微笑む。そんなことより、と脩は前を向いたまま口を開いた。

「わざわざ、こんなところまでどうしたんですか？　車までなくなってるから、さすがに驚きましたよ」

「脩の答えを聞こうと思ってね」

怜一はそう言うと、横目で脩の顔を捉える。

「僕と一緒にイタリアに来てくれるかい？」

ペントハウスでの質問の答えを、求めているようだ。怜一と脩の視線が交わる。脩は怜一を見つめ、はっきり答えた。

「以前答えたとおりです。俺はイタリアには行きません」

残念、と怜一は視線を前に戻す。

怜一にイタリアに行こうと誘われたあの日、脩はすでにはっきりと断っていた。誘いはありがたかったし、ヨーロッパでの勉強に興味がないわけでもない。それになにより怜一の心遣いが嬉しかった。しかしこんな中途半端な覚悟で他人を頼って海外に行くことはしたくなかった。これでは自分から逃げているのと同じだからだ。

それに怜一の親切につけこんでいい加減な態度をとることもできなかった。そんなことをしたら本当に自分のことを嫌いになってしまいそうだ。そうして逃げた先に救いがあるとも思えない。

脩が好きなのはやはり鉄平だから。

この気持ちとちゃんと決別するまでは、どこにも行けないのだ。

「脩はつれないね。トランクケースに君を詰めこんで、誰の手も届かないところに攫《さら》ってしまいたいよ」

「トランクケースじゃ、質量的に難しいと思いますよ」

「脩に足りないものはロマンだね」

やれやれ、と肩をすくめる怜一に、脩はかすかに苦笑を浮かべる。

「そうでしょうね。俺は恋愛にも向いていないみたいですし」

脩の言葉に、怜一はふっと目を細めた。

「人を愛することに向きも不向きもないよ。……ねえ、脩」

いたわるようなその口調に、脩は思わず怜一の横顔を見つめる。

「気持ちが通じなくてつらい？」

いきなり核心をつかれ、脩はぐっと息をのんだ。

「愛する人と、想いが通じ合わないことは悲しいね。けれど、人は自分の心からは逃げられないよ。自分の気持ちを見て見ぬふりなんて、この世でもっとも苦しいことだから。知ってる？

失恋したときに感じる心の痛みは、ナイフで刺される痛みと同等なんだって」

怜一の言葉が、脩の胸にすとんと落ちる。たしかに、鉄平への気持ちから逃れられる日が来るとは到底信じられなかった。この胸の痛みが消え去る日も一生来ない気がする。

鉄平はひどい嘘をついていた。そのことを許すことなんて絶対にできない。けれど、それでもやはり、鉄平が愛しくてたまらなかった。脩の心は鉄平に奪われたままなのだ。

「ちょっと、ボックスを開けてみて」

言われたとおり、脩は助手席のボックスを開ける。中にある封筒を取り出し、脩はぎくりとした。

「これ……」

封筒の中に入っていたもの。それは航空チケットだった。

「それは君に。日程がちょっと急だけどね。冬にあちらで個展をするから、僕はその準備に合わせてイタリアに戻るつもりなんだ」

イタリア行きの片道チケット。

その日付を確認して驚いた。来週の日曜日だ。

「来週なんて、無理に決まってるじゃないですか。だいたい、今は抱えてる仕事だって山ほどあるのに」

「仕事のことなら、引き継ぐ当てがあちこちにあるから心配しないで。僕はこう見えても顔が広いんだよ」

怜一は余裕たっぷりにそう話す。

「そんな無責任な」

「大丈夫。世の中、どうにもならないことなんてないよ」

以前鉄平も同じようなことを言っていた。こうした些細《ささい》なことですぐに鉄平の言葉を思い出してしまう。脩の胸がぎゅっと切なくなった。

「……受け取れません」

イタリアなんて行けるわけがない。今はなにを置いてもちどり荘を完成させたいのだ。恋人として一緒にいることは無理でも、せめてあの家を通じて鉄平と関わっていたかった。そうすることで、形は違えど、鉄平と永く寄り添えるような気がするから。

「そのチケットは傷薬だよ」

「でも……」

「使わないなら、それでも構わないさ。とりあえず受け取って、つらくてどうしようもなくなったら、そのときは使えばいい」

そう言うと、怜一は悠然と微笑んだ。

脩はチケットをきつく握りしめる。手の中に収まるチケットが、なんだかひどくよそよそしかった。

「――以上が着工に関する注意点です。他に、気になることはありませんか？」

脩がそう尋ねると、鉄平は軽く頭を横に振った。

「いえ、大丈夫です」

先日の地鎮祭で話したとおり、鉄平はその翌週、事務所を訪れた。

怜一も早月も出払っていて、事務所には脩と鉄平しかいない。久しぶりに鉄平とふたりきりになり、緊張でやけに喉が渇いた。互いに仕事の話しかしていないというのに、それでもつい意識してしまう自分がみっともない。

脩は軽く咳払いし、落ち着かない気持ちをどうにか宥めた。恋を知ったばかりの子供でもないのに、情けない話だ。ぐっと、テーブルの下でスラックスの膝を握りしめる。

しかしふと、正面で図面を確認している鉄平から、目が離せなくなった。少し、痩せた気がする。もともと引き締まって細身の体ではあったけれど、頬や首筋のラインがいっそう鋭くなっていた。

（……ちゃんと食ってるのか？）

鉄平が脩の家を出て約一ヶ月。

自分で追い出しておいて勝手な話だが、鉄平は今どうしているのかと心配で眠れない夜もあった。その度に、自分には関係のない話だと思いこもうとした。けれど生活の基盤を失った鉄平がまともに生活を送れているのか、こうなった今もずっと気に掛かっていたのだ。

来週から工事が始まるが、ちどり荘が完成するのは数ヶ月先とまだ遠い。それまで、ちゃんと暮らせる当てはあるのだろうか。

脩がたまらず、口を開く。

「あのさ」

しかし折り悪く、脩の言葉を遮るように鉄平の携帯が震えはじめた。すみませんと断り、鉄平は携帯を構える。

「もしもし、めぐみ？」

心臓が止まるかと思った。

鉄平の口から飛び出た女性の名前に、脩は耳を疑ってしまう。ずいぶん親しげな様子で、鉄平はうん、うん、と相づちを打っている。

「今日のごはん？　作んなくていいよ。ふたり分、なんか適当に買って帰ろうか」

ごく日常的な口ぶりで、鉄平は相手にそう返した。

会話の内容から、鉄平がその相手と一緒に住んでいるのだろうと容易に推測できた。和《なご》やかな表情からも、相手とどれだけ親密かが窺える。女性と一緒に生活するということはつまり、ふたりは付き合っているということなのだろう。

これ以上聞いていられなくて、脩は思わず席を立った。そして鉄平を残し、事務所を出てフロア共有の休憩スペースに向かう。

さっきの電話の相手はいったい誰なのだろうか。……やはり彼女なのだろうか。そう思うと、胸が痛くて張り裂けそうだった。

しかし休憩室に着いて、脩はふっと正気づく。居ても立ってもいられずつい事務所を出てきたけれど、財布もなにも持っていないのだ。これではお茶の一杯も買えない。脩は煙草も吸わないので、スペースにある椅子に腰を下ろすとすっかり手持ちぶさたになってしまった。

（どうしてこんな、逃げるような真似……）

先ほどの様子では、鉄平はどうやらちゃんと生活ができているようだ。これで脩もようやく安心できる。よかったじゃないかと、脩は心の中でそう呟く。しかしどれだけそう思おうとしても、心がそれを否定した。

鉄平が、新しい道を歩きはじめている。

そのことが、こんなにも苦しくてしかたないのだ。

脩と鉄平は、出会いに問題がありここまで関係がこじれてしまった。けれど、もともと魅力的な上に幸運を摑んだ鉄平だ。言いよってくる女性の出現は容易に想像できる。鉄平だって男だ。好みの相手がいれば受け入れるのは当然のことだろう。

そもそも、鉄平の嘘が許容できず、その手を振り払ってべつの道を選んだのは自分だ。それなのに、こんなことで傷つくなんて。

（べつに、俺には関係ないことだ）

脩は深く息を吐き、勢いをつけて席を立った。そろそろ電話も終わったころだろう。

休憩室から事務所に戻ると、なぜか鉄平が脩のデスクの傍に立っていた。電話はとっくに終わっていたようだ。ひとりで部屋に残され、時間を持てあましていたのかもしれない。

「中谷《なかたに》さん？」

鉄平がぎくりと脩の方を振り返る。

「どうかしました？」

「……いえ」

なにかあったのだろうか。目線が泳いでいる。その様子が気になるが、しかしこれ以上鉄平と一緒にいるのも耐えられなかった。

それでは、と脩が促す。

「なにもなければ、今日はこれで終わりましょうか」

鉄平も無言でうなずいた。

打ち合わせ用のテーブルに置いてあったバッグを取ると、鉄平はそのまま入り口に向かう。

脩もいつものようにエレベーターまで鉄平を見送った。

下へ向かうボタンを押し、ふたりはエレベーターの到着を待つ。こんなときに限って最上階に停まったまま、なかなか動く気配がなかった。気まずさを感じるけれど、それは鉄平も同じなのかもしれない。鉄平の横顔がどこか落ち着かないように見える。

「脩さん」

気もそぞろにエレベーターの到着を待っていると、ふいに鉄平に声をかけられた。たったそれだけのことに、脩の胸がどきりと弾む。

「イタリア」

「え？」

イタリアという単語に、さらに脩の背中が凍りついた。鉄平は足元に視線を落とし、どこか強張った様子で言葉を続ける。

「本当に行くんですね」

思いがけない鉄平の発言に、脩の心臓が激しく跳ねた。

「すみません、机に置いてあったチケット。勝手に見てしまいました」

そういえば、怜一からもらった航空チケットをデスクに置いていたことを思い出す。鉄平はそれを見たのだろう。先ほど様子がおかしかったのはそのせいかもしれない。

そんなことを考えていると、鉄平が顔を上げてこちらを見つめてきた。

その目がひどく空虚で、鉄平の気持ちがまったく読みとれない。感情豊かな鉄平らしからぬその表情に、脩は心細さを覚えた。

そんな脩の不安を宥めるように、鉄平は肩の力を抜いて少しだけ微笑んだ。そして穏やかに、そっとその唇を開く。

「……あっちでもお元気で」

そのひと言に、脩は言葉を失った。

今までの鉄平ならば、チケットを見たら絶対に行かないでほしいと身も世もなく懇願してきたはずだ。それなのに、鉄平は笑って自分を異国に送り出そうとしている。そんな鉄平の変化に、足元がぐらんと揺らいだ気がした。もちろん実際に倒れることはないけれど、目の前が真っ暗に霞んでいく。

エレベーターが到着し、鉄平は脩に軽く会釈をして乗りこんだ。「それじゃ」という挨拶が、まるで今生《こんじょう》の別れの言葉にさえ聞こえる。エレベーターの扉はあっという間に閉まり、鉄平を乗せて一階へと下りていった。

そのまま突っ立っているわけにもいかず、脩はのろのろと事務所に戻る。

鉄平の嘘を許すことができなかった自分。……しかしこれまでの鉄平の不運を思えば、許容できたのではないだろうか。脩は初めてそう思った。家族を失い、家まで失い、どれほど心細かったことだろう。

脩はこれまで、あげシリのせいで誰とも恋愛がうまくいかなかった。しかしその本当の原因は、この頑なさにあったのかもしれない。自分のプライドを守ることに必死で、相手のかけがえのないものを同じように大切にしようとはしなかった。そしてその頑固さのせいで、今は鉄平を完全に失おうとしている。

事務所の窓から地上を見下ろすと、スクーターに跨がる鉄平の姿が目に入った。一度も振り返らないその後ろ姿が鉄平の気持ちを代弁しているようでひどくつらい。

（あの家が完成したら、さっきの電話の相手と暮らすのかな……）

人混みに紛れゆく鉄平を目で追いながら、脩はふとそんなことを考えた。ちどり荘の工事は始まってもいない。ふたりの関係が途切れるのは、まだ少し先の話だというのに。

あの家で暮らす相手が自分でないことに、今さらながら胸が張り裂けそうだった。

8

カーテンを開けると、柔らかな朝の光が部屋中に広がった。
よく晴れた日曜日。窓を開けると、涼しい風が舞いこんだ。うだるような残暑が続くかと思えば、季節は気まぐれに表情を変える。けれど陽が高くなれば、きっと今日も暑くなるのだろう。

窓を開け放したまま、脩はリビングに戻った。そのままキッチンに向かうと、慣れた手つきでコーヒーの準備をする。

鉄平がいなくなってから、脩の生活はすっかり元に戻っていた。ピザトーストを焼くこともないし、それ以前に朝食を準備することがない。脩ひとりならば、朝はコーヒー一杯で十分こと足りるからだ。

せっかくの休日だが、今日は特に予定もなかった。コーヒーメーカーのセットを終えると、脩はリビングのソファに腰を下ろしてテレビをつけた。適当に番組を切り替えていくけれど、興味を惹かれるものはなくてすぐに消した。

ふたたび部屋に静寂が戻り、コポコポとコーヒーが沸く音と、柔らかくてほろ苦い香りだけが残った。ときおり吹きこむ風が少し肌寒くて、脩はかすかに身震いする。穏やかな、けれど無聊《ぶりょう》な時間が苦痛で、コーヒーができていないことを知りつつキッチンに向かった。

食器棚を開き、カップが収まった棚に手を伸ばす。しかしそこに並んだひとつを取ろうとし、脩はふとその手を止めた。

持ち手のない、不格好なマグカップ。鉄平がくれたものだ。

視界に入ると鉄平を思い出すから、本当は何度も捨てようと思った。だがどうしても捨てきれず、今もこうして棚の中にしまってある。無意識に、脩はそのマグカップに手を伸ばした。

けれど指先がぶつかり、棚からぐらりと落ちてしまう。

マグカップは一度ガタンと音を立て、後は静かに床に落下していった。スローモーションのように、脩の目にゆっくりとそのさまが映る。壊れる、と思った途端、体が固まって動かなくなってしまった。

手を差し出す余裕もなく、マグカップは床にぶつかり砕けてしまう。つんざくような音と共に、いくつもの破片になってバラバラに散っていった。

(嘘、だろ……)

脩は目の前で起きた出来事が信じられず、悄然とその場に佇んだ。

そういえば、以前も鉄平のことを考えていて食器を一枚だめにしてしまった。あのときはまだ鉄平がこのマンションにいて、傷の手当てをしてくれたのだ。怖いものから守ってあげますと、そう言って微笑んでくれた。

脩はその場に膝を落とす。

一番大きな破片を拾い、そっとてのひらで包みこんだ。

鉄平がくれたマグカップ。今の自分に残った、鉄平に関するただひとつのものなのに。なんだかふたりの繋がりまで消えてしまったようで、脩の心がちぎれそうに乱れた。

けれど、そんなことはないと、脩はむりやり自分に言い聞かせる。脩と鉄平の間にはちどり荘があるからだ。自分があの家を建てることでいつまでも鉄平の傍にいられると、そう感じていたはずではないか。

脩があの家を設計して、その家で鉄平が暮らす。脩の心には、ふたりで過ごした思い出が残って……。

（……違う）

脩はギュッと唇を噛む。

自分が建てた家に鉄平が暮らす。

この胸に残る、溢れるほどの思い出。

そんなものに、いったいなんの意味がある——。

脩はたまらず立ち上がると、割れた破片もそのままにその場を後にした。

鉄平は、自分に嘘をついていた。彼が欲していたのは脩自身ではなく、脩に付随する幸運だ。

けっして、自分を愛していたわけじゃない。わかっている。だけどそれでも、脩が鉄平を好き

だという気持ちは、どうしようもなくこの胸の真ん中にあった。日に日に膨らむこの想いが、脩の心を隙間なく埋めつくしていく。

鉄平が好きだ。この気持ちが本当の意味で通じ合うことがなかったとしても構わない。せめて、鉄平に伝えたい。

脩は鍵だけを摑むと、部屋を飛び出た。

なにを考える余裕もなく、その足でちどり荘に向かう。エレベーターの到着さえ待てなくて、階段を全速力で駆け下りていった。今のちどり荘は更地だ。行ってなにがあるわけでも、当然、鉄平がいるわけでもない。鉄平は今、脩の知らない誰かと、脩の知らない場所で暮らしているのだから。

頭のどこかではそう理解しているのに、けれど脩の足は止まらなかった。

会いたくて、会いたくて、ただその一心でちどり荘を目指す。神頼みなんて柄ではないけれど、それでもなにかに祈らずにはいられなかった。

本当に幸運の女神がいるのなら、たった一度でいい。自分にも微笑みかけてほしい。

どうしても、鉄平に会いたいのだ。

しかしちどり荘が建っていた土地には、がらんとした更地が広がっているだけだった。ただぽつんと、建築計画の立て看板だけがあるのみだ。

脩は肩を落とし、元来た道をとぼとぼと引き返す。マンションに着いたころにはすっかり冷静さを取り戻していて、どこまでも空回る自分が他人事《ひとごと》のように滑稽《こっけい》だった。当たり前だ。まだなにもないあの土地に、鉄平がいるわけがない。それなのになぜ、あの場所に行けば鉄平に会えると、ああも愚直に信じこんでいたのだろう。

今さらながら、鉄平に携帯で連絡をとればよかったのだと気づいた。鍵だけを持って部屋を飛び出したので、それもできなかった。そんなことも考えつかないほど必死だったなんて。思わず乾いた笑みが漏れる。

しかし部屋に戻って携帯を手にしたからといって、自分は鉄平に連絡をとれるのだろうか。脩はそう考え、……きっとできないだろうと肩を落とした。

たった一瞬燃え上がって爆《は》ぜた激情はすでに小さくなり、会いたい気持ちだけが胸の奥で燻っている。あれほどの度胸がこの胸に宿ることはもうないだろう。今となっては、電話一本かけることとさえ怖くてたまらないのだから。

幸運の女神はよほど脩のことがお気に召さないようだ。たった一度のチャンスさえ、この手に掴ませてくれないのだから。

——しかし部屋の前に立つ人影を見つけ、脩はその場から動けなくなってしまった。

見慣れた長身、意志の強そうな横顔、それに少しだけはねた襟足。どこか緊張した面持ちで、脩の部屋の扉に背中を預けて立っている。

求めてやまなかったその姿に、脩は言葉もなくただその場に立ち尽くした。

「鉄平……」

鉄平もすぐにこちらに気づき、すぐに扉から離れて姿勢を正した。

会いたくてたまらなかった人がそこにいる。脩は目の前の光景が信じられず、瞬きひとつできなかった。ただ呆然と、鉄平を見つめ返す。

「よかった……」

鉄平はそう呟くと、その場にへなへなとしゃがみこんだ。そして深く息を吐き、両手で顔を覆った。漏れ出る吐息のような声に、脩の胸がギュッと締めつけられる。

「間に合った」

「……間に合ったって、なにが」

脩はおずおずと鉄平の傍に歩みよる。鉄平はしゃがんだまま、すぐ傍らに立つ脩の顔を見上げた。さらりと、柔らかい栗色が鉄平の額を流れる。

「出発の日、今日でしょう」

交わる視線に、脩の鼓動がどくんと跳ねた。

そういえば、怜一からもらったチケットの日付は今日だった。はなから行くつもりがなかったのですっかり忘れていた。鉄平の言葉でようやく思い出す。

鉄平の瞳が苦しそうに揺れた。

「すみません、電話をしても出てくれないし。……迷惑だろうとは思ったんですけど、それでも、いてもたってもいられなくて」

どうやら、鉄平は自分に連絡をよこしていたようだ。携帯電話を家に置いたままだったのでまったく知らなかった。どこまでもタイミングの悪い自分に腹が立つ。

鉄平は意を決したように、深く息を吐いてから腰を上げた。そしてまっすぐ向かい合い、自分よりも低い位置にある脩の目を縋るように見つめた。

「お願いです。……イタリアなんて行かないでください」

ぐっと肩を掴まれ、脩の体がびくりと揺れる。そのあまりの力強さに、掴まれたところが熱くなる。そこが心臓にでもなったように、血液がぐっと集結した。

「どうして？　だって、鉄平には恋人がいるんじゃ……」

鉄平は、新しい恋人と一緒に暮らしているのではないのだろうか。先日の電話を思い出し、心の奥がちりりと焦げついた。

信じられないというように、鉄平の瞳が大きく見開かれる。

「恋人なんて、いるわけないじゃないですか。俺が好きなのは脩さんです。……脩さんだけだ。もしもあなたがいなかったら、俺はちどり荘が壊れたあの日、心が一緒に死んでた」

「鉄平……」

「たしかに俺は最初、脩さんのあげシリの噂を聞いて近づこうとしてました。だから、信じてもらえなくてもしかたないのかもしれない」

鉄平のごまかしのない告白に、改めて胸がズキリと痛む。

「でも、あのときは祖母《ばあ》ちゃんがいなくなったばっかりで、正直、すごく怖くなってて。……他のことは、なんだって平気だったんだ。転んでも、自転車が壊れても、服が破れたって、べつにどうってことなかった」

絞り出すような掠れ声で、鉄平はとつとつと言葉を繋げる。

「……だけど、こうやって大事な人が次々にいなくなるのも、もしかしたら全部俺の不運な体質のせいなのかもって。一度そう思ったら、……本当に怖くなって。だからって、それが言い訳になるとは思わないけど、でも……」

思いもよらない鉄平の言葉に、脩はつい声を荒げた。

「馬鹿なこと言うな！　お前のせいなわけないだろ！」

「わかってます。頭ではわかってるんです、だけど……」

鉄平の顔がくしゃりと歪む。

その身を切られるような表情から、鉄平の苦しみが痛いくらいに知れた。鉄平は身内の不幸を自分の不運体質に重ねて、ずっと罪の意識に苛《さいな》まれ続けていたのだ。

それはもちろん、鉄平のせいであるはずがない。けれど前向きな鉄平がここまで追い詰められてしまうほどに、ちどりの死は大きかったのだろう。

「幸運が欲しかったわけじゃない。ただ、もう誰も失いたくなかった。……でも今は、脩さんがいてくれればそれだけでいいんです。脩さんを不安にさせるならなにもいらないし、不運なままでもぜんぜん構わない」

脩の肩を摑んだその手が、ぐっと食いこむ。

「だって、脩さんがいないのに、どうやって幸せになればいいんですか」

そう言って、鉄平は脩を強く抱きしめた。

鉄平の大きな腕できつく抱かれ、脩の視界がぐらりと歪む。鉄平の体温に、匂いに、脩はもうなにも考えられなかった。理性やプライド、今まで頑なに守り続けてきたがらくたみたいな感情は、波に攫われる砂のように一瞬で崩れ去った。ただ、鉄平が愛しい。それだけだ。涙が溢れ、滲んでなにも見えなくなってしまう。

鉄平に抱きしめられたまま、脩はたまらずその頰に手を伸ばした。硬く筋張った鉄平の輪郭を、てのひらでそっと包みこむ。

「鉄平、……鉄平、ごめん」

そう呟き、脩は体を伸ばして額をこつんとよせた。そして、鼻を、頰を、唇を、許しを請うように触れ合わせる。

あんなに好きだと言ってくれていたのに。あれだけ傍にいて、その気持ちが嘘だなんてどうして疑うことができたのだろう。

こんなに真摯《しんし》な愛情を、自分だけに向けてくれていたのに。

「疑ったりしてごめん、……信じられなくて、本当にごめん」

涙を拭うこともせず、脩は鉄平の双眸《そうぼう》を捉えた。

「イタリアなんて行かない。ずっとお前といる。……俺も、鉄平のことが好きだから」

好きだ、ともう一度囁き、脩は唇を近づける。

触れ合うだけのキスを交わし、脩はすぐに離れた。けれど唇には鉄平の熱が残っていて、胸が切なさでいっぱいになる。

「本当に……？」

鉄平が信じられないというように、呆然と脩を見下ろしていた。脩は無言でうなずき、ふたたび鉄平に唇を近づける。

今度は長く、その温もりを交わした。久しぶりに重ねる鉄平の唇は、ひどく心地よくて離れがたい。ただゆっくりと、何度もその熱を重ね合わせる。

そっと顔を離すと、鉄平の目元も赤くなっていた。

そんな鉄平が愛しくて、脩は切なさに目を眇《すが》める。

「お前が好きだ」

「脩さん……っ」

もう離さないというように、鉄平は脩の体をもう一度きつく抱きしめた。脩もじっと、その腕に身を委ねる。この幸福な温もりを二度と失うことがないように。

好きですという鉄平の囁きに、脩はそっと目を閉じた。


「……言っとくけど、べつにわざとじゃないからな」

ぶっきらぼうにそう言い放ち、脩はそっぽを向いて腕組みをする。

そんな脩の態度に、鉄平はぶるぶる震えながら「ひどい」と零した。その目に大粒の涙を浮かべて、キッチンに散らばるマグカップの破片を指さす。

「俺があげたマグカップ、なんでこんなことになってるんですか！」

そのままわぁっとてのひらで顔を覆う鉄平に、面倒なことになったと脩は頬を掻いた。

つい先ほどまで感動の対面をしていたはずなのに、なぜこうなってしまうのだろう。

あれから脩が鉄平を家に上げると、間の悪いことにキッチンの惨状を目敏《めざと》く見つけられてしまったのだ。家を出る前はそれどころではなくて、破片をそのままにしていたことをすっかり忘れていた。脩はそっと溜息をつく。

しかしこの状況では、脩が八つ当たりでマグカップを壊したように思われても無理はない。事実とはまったく違うけれど、どうにもばつが悪かった。

脩はちらりと鉄平を見る。鉄平はその大きな体をしょぼんと縮め、ごめんなさいと項垂れた。

「脩さんが怒るのも無理ないですよ……。本当にすみませんでした」

「だから、わざとじゃないって言ってるだろ」

しかし言い訳をするほどに嘘くさくなりそうで、脩もそれ以上なにも言えなくなってしまう。

鉄平は落ちこんだ様子でその場にしゃがみ、散らばった欠片《かけら》を集めはじめた。あまりの悲壮感に、番町《ばんちょう》皿屋敷よろしく、一枚二枚という声が聞こえてくるようだ。

「あーもう、辛気《しんき》くさい！」

脩は盛大に舌打ちした。

「片付けは俺がするから、お前はあっち行ってろ」

「脩さん、待って！　危ないから俺が……」

「いらねえよ。これくらい、ひとりでできる」

年下のくせにどれだけ過保護なのだと、脩は眉間に皺をよせる。

しかし、脩が床に屈んだ瞬間。肘が鉄平の肩にぶつかって、ぐらりと体勢を崩してしまった。

「わっ……！」

「脩さんっ！」

そのまま前につんのめりそうになり、脩は反射的にぎゅっと目を瞑る。しかしすぐ横から鉄平の腕に支えられ、破片にダイブの惨状は避けられた。……危なかった。万が一前に倒れていたら、欠片が体に刺さっていたかもしれない。

背筋が冷たく凍り、脩は回された鉄平の腕に、ぎゅっと縋りつく。

ふっと顔を向けると鉄平と目が合い、突然キスをされた。不意打ちのキスに、脩はしばたたく。

「……せっかく仲直りしたのに、また喧嘩《けんか》なんてもったいないですね」

へへ、と鉄平が満面に笑みを浮かべる。

そんな鉄平の笑顔に、図らずもドキッとしてしまった。こんな言い合いもずいぶん久しぶりなので、なんとなくむず痒《がゆ》さを覚える。

脩は体にかけられた鉄平の腕を強引に外し、床の破片へと手を伸ばした。

「いいから、ほら。さっさと片付けるぞ……」

しかしすべてを言い終わらないうちに、ふたたび鉄平に抱きしめられる。

「片付けは、やっぱり後にしましょうか？　それより」

言い終わらないうちに項《うなじ》に口づけられ、脩の体がぴくりと震えた。

首筋でしゃべられて、くすぐったさに体が硬くなる。鉄平の唇が肌を辿ると、そこからじりじりと熱が広がっていった。脩を抱く腕にも、ぎゅっと力を込められる。

「いい加減放せよ」

首だけで鉄平を振り返ると、互いの鼻先がつくほど近い距離にその顔があった。ドキリと、胸の鼓動が高鳴る。

「嫌です。だって、ずっとこうしたかった。脩さんも俺のこと好きなんですよね？　それなら、……もう待てない」

「鉄平……」

「しっ」

唇に人差し指をつけて、鉄平がいたずらっぽく笑った。そして顔を傾げて脩に近づける。気がつくと、脩は鉄平の唇を受け入れていた。

たわむれるように、何度も音を立ててキスされる。唇が重なる度に、脩の鼓動は速度を増していった。味わうように啄《ついば》まれ、それから鉄平の舌がそっと潜りこんでくる。

脩は目を閉じ、口を開いて鉄平を迎え入れた。互いの舌先が触れ合っただけで、体全体が痺れてしまう。口蓋をさらりとなぞられると、くすぐったさが心地よかった。音を立てて絡め合わせれば、うっとりと頭の芯が霞んでいく。

「…っふ」

気づけば脩は、自ら夢中になって鉄平を求めて動いていた。

不自然に首を曲げていた体勢から、脩は体を捻《ひね》って鉄平の方に向き直る。両腕を鉄平の肩にかけ、ひたすらキスに溺れた。

飽きることなく口づけ合い、ようやく唇が離れたときには、すっかり息が荒くなっていた。

鉄平の頬もすっかり上気している。

心ならず潤んだ瞳で、脩は鉄平を少し睨んだ。

「ここじゃ……」

そう言って視線を逸らすと、鉄平は目を細める。

「破片もあるし、怪我しちゃ危ないですもんね」

そう言うなり、ふたりはもつれこむように寝室に向かった。そしてふたりしてベッドに倒れこむ。……待ちきれないのは脩も同じだ。どれほどその温もりを求めたか、きっと話したところで鉄平は信じてくれないだろう。

互いに衣服を脱がせ合い、その間も口づけを交わした。肌を覆うものをすべて剥ぎ取り、一糸まとわぬ姿になる。こうしてふたりして裸で向き合うのはこれが初めてだ。そのまま鉄平の引き締まった体に覆い被さられて、胸が激しく高鳴りはじめる。

「脩さん……」

つっと、首筋に鉄平の唇が落ちてきた。そのまま耳まで舐め上げられ、脩はきつく目を閉じる。耳朶《じだ》を甘噛みされ、漏れ出る吐息がかかった。焦れったいような、なんとも言いづらい感覚が脩の体を駆け巡る。

「つっ……」

耳を舌で愛撫されながら、鉄平のてのひらは脩の胸を這う。初めは全体を撫でていたてのひらが、ふいに胸の粒の上で動きを止めた。乳首をそっと指先で弾かれると、脩の体がひくりと揺れる。

そのまま指で押し転がされ、次にはきつく摘み上げられた。鉄平の手をもっと欲しているように、乳首がぷくぷくと膨らむ。指先で摘んだまま捏《こ》ねられ、無意識に熱い息が漏れ出てしまった。

「……はっ」

鉄平が顔を下げて、脩の胸へと唇をよせる。刺激され続けてじんじんと疼く乳首に、その舌があてがわれた。粘膜で擦られると、全身がびくりと震える。

乳首やその周辺を丹念に舐め上げられ、脩の胸が濡らされていった。音を立ててキスをされ、やんわりと甘噛みされた。直接触れられているのは胸なのに、下肢が疼いてしかたがない。

「そこばっかりじゃなくて、……下、も」

頬を染めて、脩はそう漏らした。

「……いいんですか？」

「んなこと、いちいち聞くなよ」

ふいっと顔を背けると、鉄平が少し笑ってキスをくれた。そしてすっと、脩の下腹部に鉄平の手が下りていく。

股間を直接てのひらで包まれ、脩の鼓動がどくんと跳ねる。そこはすでに硬くなっていて、軽く触れただけでも鉄平に伝わったはずだ。胸を触られただけでこんなに感じるなんて、自分の浅ましい反応が恥ずかしい。

「ちゃんと反応してる」

しかし鉄平は、ほっとしたようにそう呟いた。直に触らずとも、裸なのだからそんなことはわかっているはずだ。なぜあえて口に出すのだろう。そんな鉄平の言動に、ますます羞恥心《しゅうちしん》を煽られる。

「……だから、言うなって」

「だって、嬉しいんです。夢みたいだ……、脩さんが俺の腕の中にいるなんて」

何度も唇を重ねながら、鉄平は脩の硬くなったそこをそっと撫で上げる。ようやく鉄平に触れてもらえるという期待で、すでにぐっしょりと濡れていた。

つっと裏筋を撫でられると、脩の体が粟立つ。

「んっ……」

直接の刺激に、そこがひくりと震えた。

そんな脩の反応を楽しむように、鉄平は性感を扱いていく。すでに溢れ出ている脩自身の液を塗りこめながら、丁寧に上下に動かされた。その度にくちゅくちゅと音が鳴り、ひどく興奮していく。

迫り上がる快感に身を捩らせると、鉄平の指がたわむれるように双果に下りた。それから全体を包むように、柔らかく揉みしだかれる。もっとも敏感な部分への愛撫をはぐらかされて、焦れったさに腰が揺れてしまう。

けれどそんな緩急に、欲求は高まっていくばかりだ。もっと弄ってとでもいうように、脩の先端からはくぷりと液が溢れ続けている。

「ふ、…っあ」

突然、鉄平の頭部が下にずれ、脩の下腹部で止まった。そして、張り出した先の部分をぺろりと舐められる。

「……っあ！」

いくら自分のことが好きだとはいっても、鉄平はノーマルだったはずだ。まさか舐められるなんて思っていなかった。自分がするのは構わないのに、されるとなるとどうしてこうも恥ずかしいのだろうか。顔が熱くなってしまう。

「そんな、そこまでしなくても……」

「俺もしたいんです。今までは脩さんにしてもらってばっかりだったから。俺もずっと触りたかった。……それとも、脩さんは嫌ですか？」

捨てられた子犬のような瞳で見つめられ、脩はうっと言葉に詰まる。見えない耳が、クゥンと悲しげに垂れている。

「い、嫌じゃないけど……」

「本当に嫌だったら言ってくださいね。我慢させたくないんです」

「だから、べつに我慢してるわけじゃ」

「じゃあ、してほしい?」

鉄平は真顔で脩の顔を見上げてきた。どこか縋るような鉄平の眼差しに、胸の辺りがギュッとなってしまう。

つくづく、自分は鉄平に弱い。

顔を背けて、小さくうなずいた。

「……してくれよ」

気づけばなぜか、自ら口淫《こういん》を懇願するようなことを口走っていた。なんてことを言ってしまったのかと、次の瞬間には一気に顔が熱くなる。まさか、鉄平相手にねだるようなことを言うなんて。

悔しくて鉄平を睨みつけると、しかしその幸せそうな笑顔に力が抜けた。

「はい」

鉄平はそう言って、味わうようにそこを舐めつくしていった。茎の部分を丁寧に、下から上へと舌で擦り上げられる。指とは違う濡れた感覚に、脩の背中が反射的に跳ねてしまう。小さな粒のような快感が、さわさわと体中に広がっていく。

先端の膨らみまで舐められると、鉄平はそのまま口に咥《くわ》えた。窪みからとめどなく溢れる蜜を、舌ですくいとられる。もっとも敏感な部分への刺激に、脩の目の前が白くなった。

「あ、あっ、……うあ」

先端をぐりぐりと舌で抉られ、強すぎる刺激に脩の視界に火花が散る。

「ちょ、…やっ、あ！　ちょっと、まっ、て」

脩の制止など聞かず、鉄平は強引に脩の快感を引きずり出していく。体の芯から迫り上がってくる快感に震えながら、脩はひっきりなしに喘ぎ続けた。けれど脩が乱れるほどに、鉄平は性感を激しく攻めたてていく。

先の部分を口で愛撫しながら、茎から陰嚢《いんのう》にかけても丹念に手で擦られた。そこは唾液と先走りとで十分に濡れていて、鉄平の手の動きは加速していく一方だ。下腹部全体にかけての行為に、脩の体が高められていく。

「んっ、や、…はっあ、あぁっ……」

鉄平の動きに合わせて、性器がひくひくと震えてしまう。ぐっと膨らむ快感に身を委ねたいのに、達しかけると、鉄平は刺激を弱める。そうして、焦れったさに腰を揺らせば強くされる。妙なリミッターがかかっているみたいで簡単に上り詰めることもできない。

そんなことを何度も繰り返され、おかしくなってしまいそうだった。まるでわざとそうして楽しんでいるみたいだ。ひどい、あんまりだと、脩は喘ぎながら宙を睨む。

「……てっぺ、……い！　も、苦し、い」

なにかに縋りたくて、脩は鉄平の肩を思わず摑んだ。頭も体も射精感で満たされていて、なにかに頼っていないと息もできない。

次の瞬間、鉄平が脩の性器を大きく頰張った。そして、口全体を使って脩のそれを扱きはじめる。

「…はっ、やっ、……あ、あ、あっ」

一定のリズムできつく吸われ、その度に性器がどくどくと脈打った。脩自身の液と鉄平の唾液とで、そこはすでに潤いきっている。潤滑油となって鉄平の動きを助長し、さらに深い刺激を感じるよう促される。

鉄平の攻撃的な舌が、容赦《ようしゃ》なく脩の下肢に絡みついた。きゅっきゅっと舌で捏ね上げ、絶頂へと強引に導いていく。

ぎゅっと、ひときわ強く吸い上げられた。

このまま溶けてひとつになってしまいそうに、熱い。

過ぎる快感に、脩の体が弓のようにしなる。激しい快感が体の一点にぐっと集中し、瞬く間に白く弾けた。

「あ、は、あっ、……あぁっ！」

脩は体を強張らせ、精液を迸《ほとばし》らせる。それらはすべて鉄平の口の中に注ぎこまれ、すべて嚥下《えんか》された。鉄平は夢中になって、残りもきれいに舐めとっている。

絶頂後のだるさを帯びた体が、しかし鉄平の舌が這わされる度にびくびくと揺れた。一度達し、どこもかしこも敏感になっているのだ。

「脩さん、かわいい」

満足そうに呟くと、鉄平は脩の体をぎゅっと抱きしめる。果てて上気した体に、鉄平の体温が心地いい。

脩さん、脩さん、と、抱きしめたまま何度も繰り返し名前を呼ばれた。熱を帯びたその口調に、思考まで熱く蕩《とろ》けていきそうだ。かわいいわけがあるかと言いたいのに、それさえ言葉にならない。

ふいに、鉄平の手がつっと肌を辿り、後孔に触れた。まだきつく閉じたそこに、鉄平の指先があてがわれる。しかしそこで動きを止め、鉄平は脩の瞳を覗きこんだ。

「いいですか？」

欲情を湛えているくせに、ひどく真剣な表情だ。そんな目で見られたら、体中がギュッと痺れたようになってしまう。

「……脩さんと繋がりたい」

直接的な言葉に、脩の顔が赤く染まった。どうしてこうもまっすぐなのだろう。恥ずかしさで身悶《みもだ》えてしまいそうになる。

「……あのな、さっきから変なことばっかり言うなよな」

信じらんないやつ、と吐き捨てると、鉄平は表情を曇らせた。

「だって、俺は脩さんを大事にしたいんです。好きだから、……あの水族館の帰りみたいな、ひどいことはしたくない」

先ほどから妙にこちらの意思を確かめてくるとは気づいていたが、まさかあの夏の日のことをここまで気にしていたとは思わなかった。

「脩さんが心を閉ざしてた間、……俺は本当にどうにかなりそうだった。あんなのは、もう耐えられないんです。それになにより、あそこまで脩さんを傷つけた自分が許せない」

鉄平は苦しそうにそう零す。脩が離れていた間、本当に思い詰めていたのだろう。身を切られるようなその口調から、嫌というほど伝わってくる。

そんなに追い詰めていたのかと、罪悪感で脩の胸がきつく収縮した。これ以上鉄平を悲しませたくないと、心からそう思う。

「鉄平……。嫌じゃないから、だから」

脩はいたわるように、鉄平の頬に手を伸ばす。

しかし鉄平の次の発言に、脩はギョッと目を丸くした。

「それなら、足を……」

「――は？」

鉄平のてのひらが、すっと脩の内腿《うちもも》に伸びる。

鉄平の要求に、脩は羞恥で真っ赤になった。嫌じゃなければ自分で足を開けと言っているのだろうか。こいつはなにを考えてるんだ、馬鹿じゃないのか、百回生まれ変われボケ！　思いつく限りの罵詈雑言《ばりぞうごん》が、脩の頭の中をぐるぐると駆け巡る。

そんな心の声が聞こえたように、鉄平は悲しげに目を伏せた。

「やっぱり、だめですか？」

「お、お前……、それ、本当にわざとじゃないのか？」

しかし鉄平は至って真面目なようで、縋るような視線を脩に向けていた。なぜそんなことを訊くのかと、不思議そうにしている。

（く、くそ……っ）

脩は膝を持ち、鉄平が触れやすいように大きく足を広げた。膝を折り曲げ、鉄平の目に秘部を晒《さら》す。自ら足を押し広げるような格好に、恥ずかしさでどうにかなりそうだった。

「は……、はやくしろよ！」

あまりの羞恥心でまともに鉄平の顔を見ることができない。まくし立てるようにそう言うが、鉄平は嬉しそうにキスをくれた。

「ありがとうございます。大好きです」

その顔が本当に幸せそうで、脩はそれ以上なにも言えなくなってしまう。悪気がないだけに質《たち》が悪い。脩は諦めて鉄平のキスを受け入れた。

ぴったりと閉じた後孔に指をあて、鉄平は少しずつそこを押し開いていく。道を確認するように、内壁を辿りながらゆっくりと行き来した。初めてではないけれど、こうした行為自体が久しぶりだ。それに、鉄平に触れられているのだと思うと、緊張のせいか体中がひどく強張った。

体内を這うような違和感に、脩の目に涙が滲む。けれど絶えず続いているキスのおかげか、それほど苦しみはなかった。丁寧に奥を解され、徐々に蕾《つぼみ》がほころぶ。硬質な違和感が、むず痒い感覚へとたしかに変わっていく。

鉄平の指先が掠めると、そこから痺れるような快感が湧き上がりはじめた。

「平気ですか？」

脩は息を荒げながら、こくんとうなずく。なにかに縋りたいけれど、脩の手は自分の膝を押さえたままだ。ぎゅっと力を入れるが、与えられる感覚にふいに手が滑り落ちそうになる。

「……う、んっ」

鉄平の指が、少しずつ動きを変化させていった。緩く円を描くように脩の後孔を広げていく。むず痒さの中に、ちらちらと背中が浮くような感覚が混ざっていく。ある箇所に触れられた瞬間、全身が総毛立つような震えに襲われた。

次の瞬間、鉄平の指がそこを強く抉る。

「ん、あ、…はうっ！」

突如、今までとは比べものにならない快感の波が生まれた。なに、と思う間もなく、びくびくと体が浅ましくわななないた。あまりの快感に、膝を持つ手の力が緩んでついに外れてしまう。

鉄平はそんな脩の反応を見逃さず、執拗《しつよう》にそこを攻めはじめた。

「っつ、は、…あ、あっ！」

快感を久しく忘れた体には、過ぎる刺激はまるで拷問だ。とめどなく湧き起こる波のような愉悦に、脩は我にもなくかぶりを振る。

自分を取り繕う余裕なんてなかった。しどけなく開いた唇からは絶えず喘ぎが漏れ、零れる唾液を拭うことさえできない。くちゅくちゅと淫猥《いんわい》な音が部屋中に響くが、それさえもが刺激となって脩を犯す。

「ちょ、っと、待って……、あ、ほんと、に、……きつ、っ！」

ほとんど泣き声のような嬌声を上げ、脩は鉄平にしがみついた。けれど鉄平は、その手の動きを止めようとはしない。本当に嫌ですかと、情欲に揺れる瞳で尋ねてきた。

脩はがくがくとうなずくが、そんな態度とは裏腹に、前立腺を擦られると足が勝手に開いていった。脩の体は貪欲に、もっと欲しいと鉄平の指を求めている。

「でも、脩さんの足、……すごく開いてる」

「うる、…さ、い」

自分でもわかっているだけに言い返す言葉も見つからない。

「本当に嫌？」

もう一度同じ質問を繰り返される。

しかし、脩は答えられなかった。悔しいけれど、やめてほしいわけじゃない。脩はぐっと唇を噛んで快楽をやり過ごそうとする。

そんな脩に、鉄平は何度目ともわからないキスをくれた。

「……もっと見せてください。脩さんのそういう顔、もっと」

気づけば、先ほど果てたはずの中心が、すっかり熱を取り戻していた。それどころかじっとりと濡れそぼり、びくびくと物欲しげに打ち震えている。

湧き起こる疼きに耐えられず、脩は朦朧《もうろう》としたまま前に手を伸ばす。けれど鉄平に阻まれ、それは叶わなかった。脩はそんな鉄平の仕打ちに涙で顔を歪める。

鉄平は、もうちょっとだけ、と脩の奥から指を引き抜いた。

「ひど、い」

「お願いです。……もちょっとだけ、我慢して」

さらにくしゃりと眉をよせると、鉄平は少しだけ笑った。けれどその瞳には、たしかに熱が宿っている。そんな鉄平に、脩の心臓が狂ったように激しく脈打った。

そして入り口に硬い熱を押し当てられ、脩はぎゅっと瞼を閉じた。

「あ、うっ……あっ！」

けれど、散々解されて甘く蕩けた脩の奥は、鉄平の熱を切実に欲していた。物欲しげにひくつきながら、鉄平の先端を咥えこむ。ぐっと侵入してくる鉄平の雄を締めつけていった。そこがいやらしく収縮するのを、脩は制御することなんてできない。

「……っつ」

鉄平が呻くように声を漏らし、短く息を吸った。

脩の様子を確かめながら、鉄平は自身の熱杭を奥に穿《うが》っていく。そこは徐々に割り開かれ、気づくと鉄平をすべて呑みこんでいた。

「い、…あっ」

指とは段違いの圧迫感に、さすがにじんじんと鋭い痛みが広がる。鉄平もきついのか、堪えるように眉間に皺をよせていた。

切なげに息を吐く鉄平に、脩の胸がきゅっとなる。鉄平の端正な顔立ちが欲情に歪んだ。額に浮かぶ汗も、苦しそうに吐く息も、男の色気に満ちている。

けれどうっすらと目が合うと、鉄平が満面に笑みを浮かべた。繋がれたことが嬉しいとでもいうように、脩の体をきつく抱きしめる。

そんなひとつひとつに、喩えようのない愛しさを感じる。

「きつい、ですか?」

鉄平にそう問われ、脩は小さく頭を横に振る。

本当はまだ痛みがあるけれど、それよりも体の中心で燻る熱をなんとかしてほしかった。この甘く疼く体を満たせる人は、この世界に鉄平しかいないのだ。

鉄平の背中に回した腕に、ぐっと力を入れる。

それを合図に、鉄平はゆっくりと抽挿《ちゅうそう》を始めた。

太くて熱い熱が、ぐっと脩の中を行き来する。自分を貫くあまりの存在感に脩は思わず息をのんだ。しかし反応を確かめながらの律動を、脩の後孔は徐々に受け入れはじめる。

「……は、はあ…、鉄平……」

蕾はすぐに鉄平の形に馴染む。離すまいとでもいうように、咥えこんだ雄に内壁がいやらしく絡みついた。浅く、深く、後孔の内部を抉られる。ずずっと互いのそこが擦れ合う音が、やけに大きく耳に届いた。

「あっ、あっ、……やあっ、はっ」

鉄平の太い箇所が、ぐっと脩の快感の泉を掠める。入り口ぎりぎりまで引き抜かれ、すぐに奥まで穿たれた。休みなく抽挿を続けられ、脩の体にえも言われぬ快感が走る。脈打つ杭で内壁を擦られれば、ただ声を上げることしかできない。

自分の中で蠢《うごめ》く熱に、脩は荒い呼吸を繰り返した。

あまりの悦びに、頭の芯がぐずぐずに溶けてしまいそうだ。

「鉄平……、てっぺ、い…、すき」

脩はわけもわからず、ただ必死に鉄平に縋りつく。好き、好き、と、熱に浮かされたように何度も呟いた。自分がなにを口走っているのかさえわからない。

ぼろぼろと涙が零れ落ちて、目を開けることもままならなかった。好きな人と繋がることがこんなに幸せなことだったと、どうして忘れていられたのだろう。それとも相手が鉄平だから、これほどの充足感に包まれるのだろうか。

鉄平に深く膝を持ち上げられると、高い位置から感じる場所をさらに強く穿たれた。信じられないほどの快感だ。処理しきれない疼きに、脩の体が壊れてしまいそうだ。

「や、あ、ああ、…はあっ、はっ」

もはや喘ぎは声というよりも悲鳴に変わっていた。喉が掠れて声にならない。鉄平に揺さぶられる度に、体が熱く昇りつめていく。

脩の芯もすっかり張り詰め、切なげに涙を零していた。次から次へと際限なく、甘い蜜を垂らし続ける。

もう限界だった。

背筋を言葉にならない痺れが駆け抜ける。まるで髪の毛の先まで、全身が性感帯になったみたいだ。些細な刺激にも体が打ち震える。

「脩さん、俺も、……俺も、好きです」

鉄平はそう言って、いっそう激しく脩の後孔を攻め立てた。それと同時に、脩の震える性器に手を伸ばす。

緩く根元から擦られただけで、脩の視界が真っ白になる。

「は、あ、ああっ……、っつ！」

堪えることなどできず、限界は一瞬で訪れた。二度目だというのに、脩は信じられないほどの勢いで白濁を放つ。

はあはあと肩で喘ぎながら、絶頂の余韻に脩の後孔が熱く疼いた。脩のそこがきつく痙攣《けいれん》し、鉄平の雄をいやしく食《は》む。

「……っふ」

鉄平が切羽詰まったような息を吐き、そのままぐっと腰を屈めた。

もう十分に怒張していた鉄平の中心が、脩の中でさらに大きく膨れあがる。脩の収縮に合わせるように、その熱がぐんぐんと脈打ち、弾けた。

鉄平の放った精液が、脩の双丘の奥に注がれる。

「……鉄平」

鉄平になにか伝えたいのに、体はすでに限界に達していた。自分がなにを言いたいのかさえ意識が霞んでよくわからない。鉄平の背中を摑んでいたてのひらが、重力に従ってずるりとシーツの上に落ちた。

鉄平の指が、脩の髪を愛おしげに撫でる。疲弊しきった体に、いたわるような温もりがくす

ぐったかった。

——ずっと一緒にいてください。

薄れゆく意識の中で、鉄平のそんな声が聞こえた気がした。

エピローグ

間もなくクリスマスという、この冬初めての雪の日。ちどり荘は無事に完成した。

取っ手に手をかけると、鉄平はほんの少しだけ緊張しながら玄関の扉を開けた。扉は音もなく開き、冬の澄んだ朝陽が家の中に差しこんでいく。新しい家特有の香りが、ふわりと鉄平の体を包みこんだ。

以前のちどり荘とは違う、真新しい木の香りだ。鉄平は木材に明るくないけれど、脩が針葉樹系の香りが落ち着くと話していたことを思い出した。今、鉄平の鼻腔をくすぐっているこの匂いはいったいなんの木材なのだろうか。鉄平には判別できないが、心地よいことだけは間違いない。

間取りはまったく同じなのに、壁や柱、床、天井《てんじょう》、そのすべてが少しずつ違っていた。当然ながら木目や色調が異なっていて、少しだけ妙な気分だ。だけど、悪くない。この違和感も暮らしていくうちにすぐに薄れて馴染んでいくのだろう。むしろ、とてもいい。

まるでちどり荘の赤ちゃんみたいだ。ちょうど一年前に亡くなった祖母にも、新しいこの家を見せてあげたかった。

「どう、気に入ったか？」

ふいに背後から声をかけられ、鉄平は相好を崩してそちらを振り返った。玄関先には、ダンボール箱を抱えた脩が立っていた。

「はい、すごく！　前のちどり荘も、建ったばっかりのときはこんなだったのかな」

それはよかったと、脩が優しく目を細める。

「じゃ、気に入ったところで、とっとと荷物運び入れるぞ。まだまだ、うんざりするくらいあるんだから」

脩は部屋の片隅にダンボールを置くと、軽く肩を回しながらそう言った。つい感慨に耽《ふけ》っていたけれど、今日は大忙しなのだ。鉄平も慌てて庭によせたトラックの元に向かった。

――なにしろ、引っ越しの荷物はふたり分だ。

ちどり荘が完成するまで世話になっていた脩のマンションは、今日を境に引き払うことになっていた。今日からはこの家が鉄平と脩の住処《すみか》になるのだ。ちなみに、もう間貸しはしないことに決めてある。ふたり暮らしには少し広いけれど、なにも問題はない。

家を出てトラックの荷台を覗きこむと、その中でひとりの青年がひときわ大きなダンボール箱を地面に運び出そうとしていた。友人の赤岩《あかいわ》だ。荷物が多いため、引っ越しの助《すけ》っ人《と》を頼んでおいたのだ。

ちなみに赤岩は、鉄平に脩の噂を教えてくれた張本人でもあった。つまり、この赤岩が自分と脩とを引き合わせてくれたキューピッドともいえる。そのため、必然的に脩との関係も知られていた。ただ、そこにはなにかと複雑な事情があるので、この辺りのことは脩には内緒にしているけれど。

鉄平は急いでトラックに乗りこみ、赤岩の向かいに回って一緒に荷物を持ち上げた。

「悪いな。せっかくの休みに手伝いなんか頼んじゃって。今度お礼するから」

「べつにいいよ。暇だしな」

赤岩はそう言うと噛んでいたガムを膨らませる。

軽いヤツだが、こういう気さくなところがとても好きだ。気も合うので、学校では大抵赤岩と連れ立って行動している。

鉄平は赤岩とふたりで荷物を家の中に運びこんだ。大きく重量があるのに持ち手がないため、軍手をはめていてもツルツル滑ってしかたない。特に赤岩の方がずるずると下がってしまって非常に運びにくい。

「おい、めぐみ！」

「あ？」

鉄平の呼びかけに、赤岩はムッと渋面をつくった。

「そっち、えらく下がってるんだけど」

「つかさ、下の名前で呼ぶなっていつも言ってんだろ」

赤岩は自分の女性のような名前があまり好きではないらしい。鉄平はつい下の名前で呼んでしまうのだが、その度に赤岩に顔をしかめられている。

「なんでだよ？　かわいいじゃん、男でめぐみって珍しいし……」

「――めぐみ？」

鉄平の言葉を遮るように、頭上から脩の声が降ってきた。

赤岩と揃って顔を上げると、階段の踊り場から脩がふたりを見下ろしていた。鉄平たちのやりとりを聞いていたのか、脩は目を丸くしている。

「赤岩、めぐみ？」

なぜか探るような目でふたりを見つめている。

「はい、そうですけど？」

なにごとかと、赤岩が訝《いぶか》しげにそう聞き返した。たしかに男性では珍しい名前だが、ここまで驚くほどだろうか。鉄平もつられて首を傾げる。

「脩さん、どうかしたんですか？」

「いや、なんでもない。……俺って馬鹿だなと思って」

鉄平の質問に、脩は気が抜けたような様子で頰を掻いていた。わけがわからず、鉄平と赤岩が顔を見合わせる。そんなふたりを見て、脩はさらに苦笑を浮かべていた。

――それからはひたすら、三人でトラックと家とを往復した。

その甲斐《かい》あって、昼過ぎにはなんとか全部の荷物を運び終えることができた。まだまだ荷ほどきが残っているので先は長いが、どうにかひと区切りだ。ここからは住人である鉄平たちの仕事なので、赤岩には礼を言って途中で帰ってもらった。この礼は食事か、レポートの代行か、まあのんびり考えよう。

とりあえずひと息つこうかと、鉄平たちも休憩をとることにした。ガスや水道、電気はすでに通してあるので、今の状態でもお茶くらいなら沸かすことができる。けれど今はささやかでもお祝いしたい気分だった。

コンビニで買ってきた缶ビールを袋から取り出し、ひとつを脩に手渡す。引っ越しの最中にアルコールかときょとんとするが、脩は鉄平の気持ちを読み取ったようだ。しかたないなという笑顔を浮かべて、鉄平の持つ缶に自分のそれをコツンと当てた。

「「乾杯」」

タイミングはばっちりだ。なんだか嬉しくなってしまう。

ふと、ビールを煽りながら、脩が一枚の絵はがきを眺めていることに気づいた。ポストにはすでにダイレクトメールなどが入っていたが、それと一緒に届いていたようだ。なんとなく横から覗きこむと、脩は見やすいようにと絵はがきを傾けてくれた。

「誰からですか？」

「怜一さんから」

脩の口から出たその名前に、鉄平は一気に顔を引きつらせる。しかしそんな鉄平とは対照的に、脩はのんびりと袋からつまみを漁っていた。ブロックタイプのチーズを取り出し、脩はひょいと口の中に放りこむ。

「もうすぐあっちで個展が開催されるって、その連絡」

「ちょっ……、貸してください！」

脩は慌てて鉄平の手から絵はがきを奪い、まじまじとその内容を確認する。

そこには怜一の絵画と、個展の開催場所や期間が印刷されていた。そしてそれとともに手書きのメッセージも添えてある。鉄平の目がぎらりと暗く光った。

「『いる、みお、あもーれ……？　引っ越しの連絡をありがとう。バンビに飽きたらいつでもイタリアにおいで』って、これ、なんなんですか！　それ以前に、どうしてあいつに引っ越しの連絡なんてするんです！」

「あんな人でも一応所長だし。世話にもなったからな」

不本意ながら、と脩はチーズを食べながら付け加える。

「それでもダメです、ダメ！　絶っっっ対にダメ！　もう二度とあの人と連絡なんてとっちゃいけません！」

脩は心底面倒そうに片方の眉を上げげた。

「そんなこと言われても、うちの所長だから普通に無理だし。……ていうか、何回言ったらわかるんだよ。怜一さんとは本当になんでもなかったんだってば」

脩が鉄平を受け入れてくれたあの日、怜一とのことは嘘だったのだと教えてくれた。イタリアへの渡航を考えていたことも、怜一のことが好きだと言ったことも、そのすべてが嘘なのだと。どうやら、怜一は脩のことをただ心配して世話を焼いていただけのようだ。

しかし鉄平は、その言い分をそのまま信じることはできなかった。

たとえそれが本当だったとしても、怜一は以前、鉄平の目の前で脩の頬にキスをしたことがあるのだ。思い出すだけではらわたが煮えくりかえりそうだった。うっかり全身に力が入り、缶がメキョッと少しめりこんでしまう。

やはり、あんな危険人物に脩を近づけるわけにはいかない。

「とにかく！　もうあのおっさんには近づかないでくださいね！」

「はいはい。わかった、わかった」

鉄平は真剣にそう訴える。脩も口ではわかったと言ってくれているが、シッシッと煩《わずら》わしそうに手で払う素振りを見せていた。本気で鬱陶しく感じているのか、脩は呆れ顔でそっぽを向いてしまう。

本当に伝わったのか少し不安だけれど、さすがにこれ以上しつこくはできなかった。怜一のことで言い合いのようになるのも嫌だ。鉄平はしょんぼりと絵はがきに視線を落とす。

ふいに、個展の開催日に目が釘付けになった。

「……クリスマスだ」

ぽつりとそう呟くと、脩がこちらに視線を戻してくれた。鉄平の手から絵はがきを抜き取ると、このことか、とうなずいた。

「そういや、開催日がイブになってたな。キザな怜一さんらしい。……もしかして、個展、観にいきたいのか？」

絵に興味があるなんて意外だとでもいうように、脩がきょとんとそう尋ねる。鉄平はまさかとかぶりを振った。

「いや、もうすぐだなと思っただけです。脩さん、クリスマスどうしましょうか？　せっかくだから、どこか行きます？」

「嫌だよ、面倒くさい」

鉄平の提案に、脩は小さく舌を出す。

「イブに街なんか出たら、寒いし人も多いしで、ひとつもいいことないだろ。だいたい、本当に存在したのかもわかんないような外国人の誕生日なんて、見ず知らずの俺たちが祝ってどうするんだ」

「……脩さん、天国でイエスさんが泣いてますよ？」

わかってはいたことだが、脩はかなり冷めた考え方をする。とはいえクリスマスも祝う気がないなんて、恋人である鉄平としてはさすがに悲しいところがあった。

しかし脩は、あほらしいと肩をすくめるだけだ。

「神様も、幸運も、運命も。そんなもん、全部気のせいに決まってるんだよ」

どこまでもつれない脩の口ぶりに、鉄平はがっくりと肩を落とす。

「それにほら、お前も、あれからはなんにもなくなったし。一時期はえらくツイてたみたいだけど？　やっぱり、あんなのはただの偶然だったんだよ」

「あんなのって、あげシリのことですか？」

鉄平がそう返すと、脩は思いきり顔をしかめた。

「その単語を口にするな」

脩はそう言うと、ぷい、とふたたび顔を背ける。脩には悪いと思いつつ、その拗《す》ねたような表情がかわいくて鉄平はつい笑ってしまった。

脩の言うとおり、ふたりが仲直りしてからというもの鉄平の生活はすっかり落ち着いていた。今はもう学校に着替えを常備しておく必要もない。幼いころからこの身に絶えず降りかかっていた不運も、一時期立て続けに訪れていた幸運も、そのすべてが遠い日に見た夢のようだ。

なにが原因なのかはわからないが、幸運の女神は気まぐれだという。鉄平はそんなものだろうと思っているし、幸運に後ろ髪を引かれるわけでもなかった。第一こうして脩と一緒にいられるだけで、鉄平にとってはこれ以上の幸せなんてないのだ。

しかし、脩は気のせいだと言うけれど、鉄平はふたりの出会いは運命だと信じていた。

鉄平がバーで一目惚れしたあの雪の日。あのとき感じた衝撃を、他になんと表現すればいいのかわからない。

一目で心を奪われ、今度は愛する人に会いたいという一心で必死に脩を探し続けた。けれど何度あのバーに行っても会えず、鉄平はほとんど諦めかけていた。そんなときちどり荘の相談で訪ねた先で、思いがけず脩に再会できたのだ。あのころの鉄平には、もうこの家しかなかった。そして、それさえも失いかけていたところに、脩と出会えたのだ。

これはやっぱり運命だと、鉄平は内心でそう呟く。

そんなことを考えていたからか、鉄平は気づかないうちに脩をじっと見つめていたようだ。なぜか、脩が決まり悪そうに口を開いた。

「なんだよ？」

「いいえ、なんでも」

取り繕うように、鉄平は慌てて笑顔を浮かべる。脩はどこか納得のいかない様子でビールを床に置いた。

「……べつに外に行かなくても、ここでなんかうまいもんでも食えばいいだろ？」

「え？」

「クリスマスだよ」

きょとんとする鉄平に、脩がそう答える。どうやら、クリスマスのことで鉄平が納得していないと解釈したようだ。

「それに、そっちの方がいいんじゃないか？　……もう、ケーキも予約してるし」

ほんの少しだけ耳を赤くして、脩が素っ気ない口調でそう続ける。

まさか脩が自分と過ごすクリスマスのために準備をしてくれていたなんて。

鉄平は感動にふるふると打ち震えた。一緒に聖夜を祝えることも楽しみだが、なにより脩がそのことを考えてくれていたという事実が嬉しかった。隣に寄り添うかわいい人は、一体どんな顔でケーキを選んだのだろう。

脩と一緒ならば、時間も場所も、そんなことは関係ない。それでも、新しいちどり荘で迎える初めてのクリスマスを、脩と祝える幸せをじんわりと噛みしめる。

「ありがとうございます！　……脩さん、大好きです！」

鉄平は顔をくしゃくしゃにして笑うと、もう何度目ともしれない愛の言葉を脩に捧げた。脩は呆れた様子で鉄平の頬を軽く抓《つね》る。

「もう聞き飽きた」

脩はそう言うと摘んだままの鉄平の頬を引きよせ、言葉とは裏腹にそっと重ねるだけのキスをくれた。温かくて優しい口づけは、何度交わしても変わらない幸せを鉄平にくれる。

この愛しい人と、これからもずっと一緒に過ごせるように。

狂おしいほどの愛をこめて、鉄平は脩をきつく抱きよせた。

あとがき

はじめまして、田知花千夏です。こんにちはの方がいらっしゃいましたらとても嬉しいです！

ありがたいことに二冊目の文庫です。この話を書いているときは私生活が落ち着かず、完成さえ危ぶむような状況でした。人生なにが起こるかわかりませんね！ それがこうして書き上がり、一冊の本になるのだと思うととても感慨深いです。

今回の『不運青年』×『あげシリ』のふたりは、ちょうど一年前の夏頃にぽんっと頭に浮かんだキャラクターでした。そのときはとことんコメディ路線で考えていて、一番の盛り上がりシーンでは「お前も俺の尻が狙いなんだろう！」と公衆の面前で脩に叫ばせ、ラブホテル街を泣きながら全力疾走させたいと考えていました。

それがどうしてなのか、書いていくうちにわりとシリアスな方向へ……。おそらく、主人公のふたりが真面目な性格だからでしょう。一時期はドツボにはまり右にも左にもいけない状態になってしまいました。暗い、暗い、根が暗い！ なぜそんなにネガティブなんだ、もっと前向きに行こうぜ！ とパソコンの前でずいぶん頭を抱えました。怜一というキャラクターが生まれたのはそのためです。

最初のプロットでは影も形もなかった怜一ですが、彼のおかげで話全体が明るくなってほっとしました。本当にありがとう、怜一さん！ どうにか自分らしい話にもなり、とても嬉しく思っています。

さて、今回、あとがきが三ページあります。……三ページも！　いや、言うほどたいした量ではないと思うのですが。けれどそんなになにを書けばいいのやらと途方に暮れつつ、迷いに迷い……、せっかくなのであとがきへの愛について語ることにしました！

実は私、あとがきが大好きなんです。いえ、書くのがではなく、読むのがですよ。書店で本を手にとってあらすじを一読し、そこでもし購入を迷ったら、パラパラっと薄目であとがきを確認してどうするかを決めます。あんまりしっかり読んでしまうとさっそくのネタばれで悲しい思いをすることがあるので、ここは薄目で飛ばし飛ばし確認することが肝心です。

あとがきには作家さんの人となりが表れる気がします。ビジネスライクに整然とまとめられる方や、おそらく執筆が終わったハイテンションで心の声をこれでもかと綴られている方、ネタに走って巻末でも笑わせてくださる方、本当にそれぞれで楽しいです。

あとがきが面白いと、それだけですごく得した気分になります。古今東西、いろんな作家さんのあとがきだけを集めた「あとがき集」があったらいいのになぁ。どうでしょう、担当さま！　絶対買いますよ！　たくさんのあとがきを読み漁りたいです。

というわけで、本当は私もなにか気の利いたことを書きたいのですが、読むと書くとでは大違いですね。たいしたことも思いつかず、たかだか三ページも持てあます、そんな自分にがっかりです。あとがきのためにネタ帳をつくったほうがいいでしょうか。……そんなことよりも次作の心配をするべきですね。

挿絵を担当してくださった深井結己先生。カバーイラストを初めて拝見したとき、あまりの美しさとふたりの密着具合にドキドキが止まりませんでした。丁寧なイラストで本作を華やかに彩ってくださり、本当にありがとうございました！

なにからなにまでお世話になりっぱなしの担当さま。いつもありがとうございます！　一度は（勝手に）さじを投げかけたこの話ですが、こうして最後まで書き上げられたのはひとえに担当さまのおかげです。言葉には尽くせませんが、心から感謝しております。これからもよろしくお願いいたします。

最後に、本作をお手にとってくださった皆さま。こうして小説を書き続けることができるのも、ひとえに拙作を読んでくださる方がいらっしゃればこそです。本当にありがとうございます。ほんの少しでも楽しんでいただけますように！

お気が向かれましたら、感想などをいただけると嬉しいです。どなたかが読んでくださったのだなと実感でき、本当に励みになります。どうかよろしくお願いいたします！

それではいつの日か、またお目にかかれますことを願って。

二〇一二年　六月　田知花千夏

http://spicact.com/

初出一覧

愛しのアンラッキー　　/書き下ろし

B♥PRINCE
http://b-prince.com

B-PRINCE文庫をお買い上げいただきありがとうございます。
先生へのファンレターはこちらにお送りください。

〒102-8584
東京都千代田区富士見1-8-19
(株)アスキー・メディアワークス
B-PRINCE文庫　編集部

愛《いと》しのアンラッキー

発行　2012年7月6日　初版発行

著者　田知花千夏
©2012 Chika Tachibana

発行者　塚田正晃

発行所　株式会社アスキー・メディアワークス
〒102-8584　東京都千代田区富士見1-8-19
☎03-5216-8377（編集）

発売元　株式会社角川グループパブリッシング
〒102-8177　東京都千代田区富士見2-13-3
☎03-3238-8605（営業）

印刷・製本　旭印刷株式会社

小社ホームページ　http://asciimw.jp/

Printed in Japan
ISBN978-4-04-886636-1 C0193